石一龙 著

長江出版传媒 | 长江文艺出版社

石一龙，原名石龙。1976年10月生于安徽省宿松县。毕业于解放军艺术学院文学系、南京大学中文系、长江商学院EMBA。中国作家协会会员。出版《追风少年》《行旅苍茫》《军旅作家访谈录》等作品集。现居北京。

自　序

这些草蛇灰线般的诗歌足印，一定伏脉千里地说明了我的来路。

但是，不管我身处何方，一举首，我就能望见地平线上的那一湾清澈的河水，那一群苍老的松林，那一片遗世独立的芦苇。——是的！我就是在飒飒的苇丛中，曾经啼哭的那个稚童，也是安徽西南部宿松县曾经出走的那个懵懂少年，我的血液中，命定般地布满了她的基因、爱憎、歌哭和往昔，也恩养似的沉淀着她的风姿、黄昏、健康与容颜。即便在我走出去的许多年里，她都像一个深沉的嗓子，在喊我回家；像一口澄澈的水井，解我思念；像一只无畏的指南，时时在校正和引领着我的步伐。

在关于故乡的诸多描述中，我尤喜欢这样的说法：所谓故乡，就是埋下你胞衣的地方。因了人生的颠簸和辗转，我从稚童和少年的岁月里一路走来，我渐渐怀有了珍惜，葆有了对自己“胞衣之地”的无限念想。于是，我拿起笔来，慢慢写下了对宿松和芦苇村的念想与颂词。其实，在我写作的同时，儿时的故乡也在与我同生共长，须臾不离。

只是，近几年来，我荒芜于诗歌，生活变得喧嚣和浮躁。怎样回归心灵的清洁和沉静，这是非常困扰我的问题。这本诗集所选入的诗歌，从我中学时代伊始，到2012年止。因为作品众多，经雷平阳兄删选后，这些付梓成册的作品，也可算作我人生二十年诗歌写作的一个见证与总结。

我敬畏诗歌，敬畏词语的力量，并得到了它的照耀和助长。它把我从乡土、爱情、军旅生涯、心智成长中提炼了出来，获得了当下。这些作品，令我的人生获得了尊严，亦使我知道了感恩与回馈的方式。

我从少年时代就开始了诗歌写作，后投身军旅，负笈求学，颠簸谋生。我的很多作品都与这些历程有关，总是绕不开乡情、爱情、亲人，仿佛一种私人的笔记和心灵史，比如父亲过早的离世，比如大沙河、草地、风车、阿图什、戈壁、荒凉等，这些在记忆中生根发芽的词语，带着青春的体温，带着慰藉的记忆，伴我至今。

其实，选入的这些诗作也不是如何“成熟”的作品，可即便“不成熟”，我也要力争写下我眼中真正的美好，以及可资期待的温暖和希望。同时，诗中的那种孩子气、率真、脱口而出的幼稚、懵懂和局限，虽破绽时出，也是我对故乡的赤裸诉说，无须脸红。自1994年离开故乡宿松后，世事浇漓，人生变迁，但我一直在寻找一片属于自己的文学地理，这种焦灼令我匆忙，惶恐和坐立不安。现在，我终于可以释怀了，我想说，我用文字再一次确认了故乡的土地和她摇曳多姿的身影。

曾在军旅，也曾恪守一位军旅诗人眼中的语言阵地。这么做，能让我看清自己的成长，像一个永远的兵，一个儿子，守护汉语，充满战士的荷担与思想的激情。这些军旅诗作，是我生命中不可或缺的一部分，有军人的荣誉感，有豹动的青春血，有悲怆的边疆情怀。它们郁积在身，终于死灰复燃，在书中成就了一个完整与真实的我自己。

近两年来，我游走于云南，自然且欣喜，真心热爱那里的天空和人群。在昆明、玉溪、大理、丽江、香格里拉、建水等地小住，触及泥土的芬芳，安顿身心，感念斯世，还在诗歌中寻找此生的真谛。在一位敬重的云南兄长的慈心旷怀里，我可以领受到诗歌所能看见的美好的事物和人生的风景。

那么，就让我在这本诗集中逐一道来吧！

目　录

卷一　空　城

3　今夜在竹园写诗
4　闪电
5　炊烟
6　回家
8　夜的狂欢
9　葡萄园倾听的敲击
10　空城
12　十二月，致她
14　我要使你遇到童话
15　逝水：北方
17　寒冷地带
18　穿越北方
19　向往
——给蓝衣红火的芸

20　心愿
　　——给手握秋天的芸
21　眺望
　　——给目光纯净的芸
22　栅栏上邂逅的美
　　——给馨香出众的芸
23　挽歌之一
24　颂辞:克孜勒苏的城
25　人在江南
29　阿图什颂歌
34　苍茫和夏天
36　紫丁香的四月
38　时间的鸟
39　玻璃废墟
41　寒空之路
42　1996 年的大水
43　遥远的海边是你的沉迷
44　注视之后的水域
45　如梦爱情的八月,移动的痛
46　这里是秋天,只剩下想你的人
47　无限美丽的你是风景
48　春天的城市
49　在张庄路上生活的冬天
50　少年时代的印象与宿命
52　我梦见我的家
54　修炼
56　四月的北方
57　喀什噶尔
59　心灵的跋涉

卷二　诗之梦

63　放牧的下午
64　诗之梦
65　一分为二的水
66　土桥
67　风车
68　跨越沟壑
69　初冬
70　给逝去的堂姐
71　门槛
72　婚礼
73　大海碗
74　贫穷的雪
75　依靠火是不够的
76　你是一个早熟的孩子
77　故乡的河和芦苇
78　梯子和雀巢的情节
79　在黑夜里捕捉你的灵光
80　清澈的水井有鸟栖落
81　雪中的火焰
82　永远的乡情跟着离乡的人
83　朋友们
84　琴房
91　失落的青春或悲伤的返回
92　旋转
93　长春桥 109 号或变奏的城市
95　旅途或青春奏鸣曲
97　成都或另一个地点:府青路

99 在酒中
——致贺东久
100 纪念的诗话：1995
——致贺东久
101 诗是用酒酿出来
——致贺东久
102 你勇敢的手啊
——致贺东久
103 新疆的荒原在城市的谈话里
104 灵感与规律
105 在西三环某路口看见一匹马
106 魏公村散步的笔记
107 你也许在梦中恋爱
108 暮色苍茫
109 我居住在小镇上的葡萄园里
110 我是一棵绿色的树
111 北京地铁
112 城市的思
113 深山樵夫
114 用手指一指星星
115 在阳光中看落叶
116 当我躺在草地上被天空包围
117 乡村挽歌
118 捕蝉者说
119 返乡日记
120 童年的军事地形学
121 忆参军的冬日早晨
122 大沙河
123 西藏：1996 的灯
124 青海：1995 天空的蓝

125　喀什：1995 年春天
126　行旅苍茫
127　纪念的悲伤言说
128　心灵
133　寒冷的礼节
134　在荒芜的边缘上
136　三年
——致 FL
137　我抬着两大块玻璃的时候
138　我的马兰
139　12 月 12 日正午走错的路
140　在金丝特和一群骆驼邂逅
141　目光洞穿了一个人的身体
142　秋天的失落者
144　停顿的词语
146　新疆

卷三　逃　离

149　三月：纪念海子
150　宿松
——为童年而作
152　小丫
153　诗人黑陶和我说故乡宿松
154　故乡在哪里
155　1983 年的逝伤
156　戏剧性的回忆
157　芦苇村二三事
158　十岁
159　回乡记

160　程店小学记事
161　北大楼的三月
162　重庆啊，重庆
163　枕边书
——给 DY
164　片段的圈子
165　当我玩捉人游戏的时候
166　稻草人
167　从望江到安庆
——给沈天鸿
168　爱情是逃跑的火焰
169　忘却的写作之旅
170　自由抒情
171　伊拉克之诗
172　详解 2000 年
173　阿图什
174　独身生活
175　蝴蝶白天出去
176　第一个序幕曲
177　在半坡村酒吧
——给潘维
179　西北狼
——给叶舟
181　在时间隧道里狂热
182　一个过程的小细节
183　爱莫能助
——给牙痛中的女友
184　马兰的一些符号记忆
185　南大边上的烧饼店
186　逃离者的变奏

187　逃离者的死亡前奏
188　逃离者现实的演奏
189　逃离者的芦苇村
190　写写父亲
192　时间的 QQ 记录
194　1996：失重
195　1998：挣扎
196　1999：孤岛
197　2000：沙漠
198　2001：逃离
199　2002：变异
200　2003：猫，非死即生
201　致诗人沈苇
202　在雪地上
203　紧张
204　在梦中醒来
205　马兰谣
206　听雨
207　抽烟的瞬间想起波佩
208　失眠记
209　卖书记
211　巫山云雨
——为导演章明而作
213　一个人永远不要绝望
——献给史蒂芬·霍金

卷四　月潭村纪事

219　无题：2004
220　在农村

221　什么是克制的
222　干脆利落
223　11 月 17 日：日记
224　水的悼词
225　芦苇村
226　一个夜晚
227　梦
——悼念父亲
228　靛厂
230　卵
——韩七五教授命题诗
231　我的善良是这样丧失的
232　你我之间
——给聂造
233　月潭村纪事(一)
——给哥哥
234　月潭村纪事(二)
——给哥哥
235　月潭村纪事(三)
——给哥哥
236　月潭村纪事(四)
——给哥哥
237　月潭村纪事(五)
——给哥哥
238　月潭村纪事(六)
——给哥哥
239　丽江散记
243　无题
244　回去

卷一　空　城

今夜在竹园写诗

春寒料峭　诗和竹园
希望的笋子　土地枷锁沉重

竹园是我萌发思想的地方
群山锁住今夜竹园的门
竹园的灵魂在我平淡的诗歌里

今夜在竹园写诗
竹　驱散园中的黑暗
阵阵倾洒缪斯的琴声

夜的气息　笋子破土的声音
今夜在竹园写诗
我的语言依赖今夜的结尾并作为开始

1993

闪　电

闪光的雷声
一座校园宁静——隐藏的烛光
和一秒秒光芒争吵不休

我静坐　失去非凡的想象
黑夜失去了灵性
像魔术师的机关
被观众道破一样

许多人惊慌
窗内一闪一黑，烛的摇动
让我魂不守舍

我变成了一株秋树
紧紧握住笔，满身落叶
像秋天的云朵在哭泣

1993

炊　烟

黄昏又来了
我的饥饿
在默望
三百条炊烟袅绕上升
如三百只狐狸

母亲在灶膛上
面对炊烟的上升
面对穿着黑狐狸衣服的黄昏
她脱落花布衣衫
一样的美

静望的春
从远方急遁而来
在炊烟中饱食母爱
一条爱的小径
在风中建造宫殿

炊烟与最后一道彩虹走了
三百只狐狸歇息
炊烟的忧伤
在甜美的月光下梦呓

1993

回　家

道路上布满鲜花
夏天的云
让蓝色的梦幻到达
手搭凉棚的母亲
让南风吹
童年的声音自阳光中
音乐般如马的蹄音

一个孩子穿过城市
北方的中午
在河流
在源远流长的大河中
我的灵魂全无　赤裸
蝉的“知了”炎热
回家,梦中惊飞的
几只喜鹊
已经来到我家门前

红枫树的叶子
逼近我的目光
母亲思念的哭泣
炙烧着我的内心　石头
已经覆盖我的足迹
我在回家　我走了很远

我注意每一个人的目光
回家,阳光奏响
我儿时的歌
布满鲜花的城市
已经遥远

1994

夜的狂欢

我知道你已经回家
如鸟的歌声　折断谁的翅膀
夜，你狂欢吧！
一个荷尔德林在饮酒
走遍平原
我纯朴地点燃烟花
我学习喜悦

你幸福的苦衷
隐藏着诗的房子
你恼怒吗？憎恨昨天
那些毫无意义的热情
让你失去，一无所有

沉思地写作和阅读
哦，单纯的梅花
冷香致远　暗中的苦闷飞起
如鸟的飞翔
在黎明前的黑暗中
你点火吧，兄弟！

1994

葡萄园倾听的敲击

漫过灯光的飞蛾远远地落下
突然心乱如麻
使我确信飞奔凿刻的民乐
从动听到遥不可亲的爱意

葡萄园远处的锯木场
锯是木头和竹的敌人
它承受了成长和果实,并且理解生命
现在只有敲击呈现夜空
透过耳朵和空间倾听

我生活在雨水和风声漫过的孤寂附近
让我在黎明前把葡萄酿成美酒
诞生红褐色黯淡的思想

我拿起天空的杯盏
痛饮自己,这是我撕裂的返回
葡萄园是敲击后的浴场
让我脱胎换骨

1994

空　城

他的目光在大世界的路上
我怀疑被冰冻了
前面是谁筑起的城堡
我和他永远隔膜

我是一个孩子
我无法斥责走进城堡的任何人
仿佛失去知觉　呆滞而且悲痛
他走上顶端
他望见了世界上黑压压的人群
面对冷漠的墙壁，伪装的纸人和戴面具的
　人瑟瑟发抖的头发　他们狂欢
我怀疑卡夫卡的写作
他是否抄袭了城堡里的词语

大门的入口站着一个颂诗者
阳光朴实的背面
嬉戏奔跑的儿童　铿然有声
它的声音轻视了我
华丽的城堡有一双眼睛
它与世界的黑夜互相隔阂

我大喊：我一定征服你
我的前面是一座空城

他的嘲笑紧紧相随

1994

十二月，致她

十二月，她的翅膀受伤
雪经过的天空沉陷在经典的高墙中
插翅难飞的女孩
我在梦中嘲笑冬天

历史把你放在一场暴风雪中
寒冷，刺骨，又大又美的雪地
捕捉她的心灵
哦，像一只小船的双桨
一直垂放在十二月的身旁

十二月，我翘盼已久的情人
她多么高贵
九霄云外的大雨降临
她的眼神，我用一只鸟的羽毛
来表达和完美

她的自尊和纯洁
经过12月16日，我们坐在一个
　美国加州牛肉面大王的中国餐馆
雪的大路
只有迅速的滑行者认识我
我的双手牵住她　小心翼翼
她回家百叶窗上

挂着我的诗篇和十二月的天气

1994

我要使你遇到童话

大风将火红的生命封闭
就像你的风寒
这一生,你奔走在草原和沙漠
冬天,吹动天空记忆的人
我要使你清晰地
在道路上遇到童话

一阵沉重的蹄音
阳光在旷野上独舞
我要你寻找世界的希望
像静静点燃一团火
你会知道　美的一只火狐出现
它的影子骗走你的纯洁

我要使你遇到童话
永远的时间里,这爱或思索
我仍然没有意义的虚饰和想象
在童话中返回我们的家园
你邂逅了吧!

1994

逝水：北方

1

亲爱的……
因为对北方的依恋，我被白色轻覆
我被痛苦拯救，但河域已远

表述的海鸥是我少年时的阴影
亲爱的……
身影已黯淡我多年的时光
永远逝去，一块诚实的石头永生

2

是你在漂流么？
裹紧着深入浅出的回忆
我在相恋中行走
陈述的出现是温柔多情的一只手
纤纤十指，如十只匕首

亲爱的……
拒绝日落
但灿若流云不是万丈红光
我抵达的北方
当夏天不再年轻，我依然渴望远行

一只小船巨大的桨，在白云中舞蹈
是夏天鞭长莫及的幸福

3

尘缘的一场雪，疯狂地等待
夏天，当强烈占有一朵白云的目光
在河流上弥漫，我喃喃自语
至少，我还在梦想中流浪

一种黑色，亲爱的……
至少我忏悔时河流已经
年迈地漂走我的亲昵
让我不知道水是否一闪即失

1994

寒冷地带

燃起篝火，马嘶鸣的声音只有西部
穿越古老的高原，青铜的血液和村庄
寒冷地带，那些神色匆匆的少年
在高原高高阴郁的雪域的路上

牧鞭，抛出那苍茫的北风
神圣的建筑
被我的颤抖踏出伤痕
丝绸之路，仿佛天空的云彩
被打开婚姻之门

是谁在帕米尔沿着蹄印行走
戈壁的尽头，人类
我是那朵很轻的蓝云下的诗人
我仍是在痴望，但逼近的雪域
退守着永恒漂泊的家园
寒冷地带，我
在含泪的路上望着天空

1994

穿越北方

我的一朵白云是这样的远
虔诚的一生的福祉，帕米尔的星光和
　虚构的西部
第一辆马车仰望高原之巅的雪域
白云下的蹄音之雪
你看，永恒的脱颖而出的词

燃起北方的灯草，穿越河流和雪地
天山上城池守卫的鹰　让引头鞭敲痛了
十二月纷纷折断双翅
永不回头的北方，谁让我攀登冬天

北方如此寒冷，那些神圣的风寒
凛冽人生的苍茫，爱人的歌声
一朵白云让我上升，目光缀满积雪
带上城池的盾，第三辆马车奔跑
雪原上我的心灵晶莹如馨

1994

向　往

——给蓝衣红火的芸

天蓝的纯粹之冬
小红帽，我已看了你一眼又一眼
秋天说星光浣纱
带走了你的裙裾　让雪落在我一个人心上

当我虔诚的心跳
沐浴黑暗之巅的冷
云徜徉北方，推开门扉
我看不见蓝衣红火的少女

在冬天，八月的向往穿过十指
落地蔚蓝的云让我疼痛
八千里路　月下披云奔腾的马
窃走我爱情的时光

1994

心　愿

——给手握秋天的芸

我从星光的冬天回来
落雪的天,帕米尔的爱情
弥漫四野　一双眼神和玻璃
我看清尘世中北风颤动

雪落坠地　我知道这不是秋天
此刻走马苍茫之西
天山缄默　朵朵白云让一个人脆弱
叫芸的女儿告诉秋天
我的天空蓝得让她漂泊

长发上素洁的心灵,心愿之约
手握秋天,这一年的寒冷
唯一的家园
心灵祈祷着温暖

1994

眺　望

——给目光纯净的芸

北方轻盈的泪水，小楼，秋天的风
垂柳之外的喀什，灯光修远
抱膝而坐的云，冬天的月色
一江水流　万千柔情
向东，向东，向东流

我再也画不出春天了
雪还没有落下，惊醒我的月色
家的钥匙在你的记忆中
静静地笑，像一团火
燃烧流浪的少年

路悄悄近了　只有我听见你的耳语
无声并绽开爱情
今夜我知道天气是零下二十三度
我的注目，你看见了吗？
北方的尘雪掩盖天空下的我们

1994

栅栏上邂逅的美

——给馨香出众的芸

没有花朵，落叶在秋天的绝望
一场雪的邂逅，秋天，牧羊女
天蓝的风寒，秋高路远
我找不到一匹马回家

纯净的眼神，渴望一朵云
当我看见栅栏的沧桑
在秋风与树之间
一只火狐隐约的影子笼罩天地

我只好等第一场雪
清晰，那些看不见的鸟渲染一朵云
只有天空的旗语
让我的心在北方的道路上
没有蹄印的到达

1994

挽歌之一

草原最美的地方　一个少女
处女般的眼神塑造了远方
当秋风把骑手的马灯熄灭

此刻，落叶卷走尘埃的忧伤
在黎明的人扛着太阳的温情
整个秋天　我是一个夜晚与海洋的露水
现在，仿佛宿命的玫瑰疲倦

睡意蒙胧的脸上
我成为奔驰的马群
因为歌唱是欢乐之后的死亡
因为死亡是爱情之后的祭司

你呼吸，你回到沙漠
寒冷的心的围墙中
山川和骏马在苍天之上
你是这一夜我怀中升起的星子

1995

颂辞：克孜勒苏的城

丝绸之路　无花果催促了花神
剑戈锈迹沉沦灿烂云彩回家
雪是泪上的村庄
（我的情人送我美丽的英吉沙
维吾尔少女的恋之刃）

向西的方向摔碎我的梦想
众云之上的克孜勒苏
清真寺老者　六边巾
酒是马上村庄的蹄声踏痕
让自生自灭的日子舞蹈

荒凉戈壁　剥开深旷的月色
派遣使节的祭祀里埋葬荒芜
逼向诲人不倦的寺庙和书简
朔风蒸蒸一日　被克孜勒苏
披云奔腾的骑手带向天山
为你等到充沛高原的鹰隼

天上迎来的咒语“阿里巴巴　芝麻开门”
飞翔击打城墙

1995

人在江南

1

这是水乡的切肤之痛，或是陈旧的音乐
闪开，鹅卵石在黑夜无言的漂流
另外一些人在涛声中，在城市里讥笑
幽远的诗句
三只水鸟正好朝西部飞临

他们避开苦难，从雪地击退一只火狐
一盏孤灯从此黯然失色
我想到爱情的低语
我虔诚谛听的神情，阿图什落花的人
岁晚天寒的江南
你为什么让我的悲怆落在远行的路上

一声呼唤来自内心
叫芸的少女在家园失去一些词的快乐
请允许我的献诗
允许我高踞阿图什的顶巅

2

同一个下午，我火域的爱情
千帆竞发的船只

在一条流域中漂泊，阿图什
芸的声音，我被冷漠的心情和逻辑所困
如一些石头沉到深渊中

你们不要嘲笑诗歌或不可或见的幸福
水中的花朵，你开放成青春的见证
几片落花，带走泪水
是一生中渺小的细节

我一个人流浪江南，家园在哪里？
一生的旅途，归返的路上
谛听爱情的足迹，叫芸的少女
预示着方向和无从表达的痛

3

伟岸的高原　天蓝的云
沧桑的诗句中，选择一些情节和荆棘的路
让你成为我的倾听者，而另一种谛听
君临阿图什的笑脸

穿过雪地和江面的白云，消逝的青草
冬天，巨大的虚无压在大地上
一个人升起爱情的星辰
我们在一万里的路途上燃烧生命

生命的美已溢在鲜艳的语言上
无论青草，石头和甘甜的果
还有什么在江南，让内心的阿图什
黑夜，白云，泪水和天空

铺开一生洗涤的伤口

4

穿越江南，经过比江面更宽阔的大地
阿图什闪着阳光的露水
一个春天远去了
一个秋天远去了
音乐的茉莉香　灰色的城围困我

唯一的钥匙握在手心
江南，枯草，天竺，剥落的风
在冬天写作，十指红色的舞蹈
十指的福音深深献给阿图什的芸

一些亲人，在夕阳下包围
那些言词　让我的谛听默然
芸，只有熄灭水中的火
才能看见春天
有你和阿图什，照耀一生的心灵

5

一万里远的声音，翩然起舞
池塘和绵羊，阿图什聚拢的绿色家园
如一把好刀　一把好刀的含苞欲放
冬天打开 1995 第一天的故事

伤口已经尘封
芸的美德，或静坐流行音乐的边缘

我的江南，仍是水乡之伤，我的温柔
一直伴随我月黑风高的孤寂之夜

抵达黎明的春天
在谛听阿图什芸的声音，身边的快乐再多
也只是一瞬，将芸诗歌的种子种下
深深孕育，一生的苦难从此被光明隐没

1995

阿图什颂歌

1

阿图什的雪迸射万丈光芒
阿图什是绿色的
她的云朵开着小黄花的药　有一抹子忧伤
天寒岁晚的江南
漂泊或煎熬着神圣和闪亮的秘密

1993 年命定的诗人　因为阿图什掩藏天空
我开始飞翔
但“天空有鸟飞过，没有留下翅膀的任何痕迹”
如此美妙的言词
像我们内心的某味药，悉数着喻指着云
(或“芸”——汉语辞典这样阐释的药草)
月光下，还有谁看见星子的蓝色
或苦味的面目　陪伴我们

这只是大雪降临之间，顷刻，饥寒上羊毛袄的尘埃
冬天那人的羊群　我竭尽全力梦想的世界
马匹奔腾——锋芒毕露的蹄音
虐踏着悲伤的大雪——阿图什歌唱古典爱情
或是你的疑惑和西部的嗓音
我倾听弹奏的荒芜之路

2

这一年，高原往西，雪域怀抱我
天空是头颅上的遗址，鸟群绕过落日
用万千柔情的黑发缠绕羽毛
羽毛上梳理的阿图什，蓝天靠着阿图什
阿图什的名字靠着蓝天
像读着一本记起名字又害怕写错书名的书

多么无知！我只好沉默，让沉默高踞高原
在肉体上我的沉沦似乎是断裂的风景
其实，大海降下风景，风暴上绝望的天山
如此高尚……
高尚只是死亡的再现
“唯一的美德是阿图什的云朵向大海回眸，
一百年前我曾经梦见疯狂的苦难者或艺术
绝无仅有的崇高的光明”

像内心的灯盏
当我们高贵或者一无所有，之后是形容词
这时候希腊神话传说中，阅读者的道路
只有道路，深情奔走，也只是焦灼的轮子
我引用了僻远的火
但鸟在幽远的云群下葬身火海——
这是高原的恐惧
又一大群蔚蓝形式的吉祥预兆

3

我摇醒阿图什，那放纵的马群之后的殇歌

秋天:我向着穹顶,向着《神曲》的炼狱者
只作为但丁雕饰的花纹
或石头的狂想　最遥远的少女
时光缓步走过阿图什,土山围住古典的城
和云群星光月色陪伴的忧伤的琴声

“……我向神祇祈祷,祈祷一朵云或芸向着我,
这就是幸福的源泉”
绵绵细雨
当尘土向着三天落叶的冠叶榆痛哭
我不懂得什么叫婚礼,我用爱情换取欢愉

在远,在迢迢万里的阿图什
21 年以前的阳光照耀仅是西部的史书
今天我听雪写作
一杯美酒　一捧泥土
“旋舞的精灵,痛灼着重重梦想的伤口”
我要为 21 年前神灵庇佑的花朵哭泣
这高原如痴如醉的宝贝
我的心惊悚　伸出的手隐秘地颤动

4

黑夜,我感到激动,感到云群的阴郁
慢转黎明
黎明的阿图什,赤裸如雪的少女
双乳上的符号,一个浑然而成的“L”
我痛苦的雕刻
文身上的情欲燥动,这长发素衣的诗人
她纯粹的身体

对着牧场，草原上藏得最深的野花

永不褪色的血，是血的誓言
野花为阿图什自始而终地盛开
一个人掀开或凝视
初恋的花蕊满地的凋谢，成为骨骼
在成长，在飞舞的圣洁形式中
当世纪末来临，阿图什心中的快乐
电击帕米尔高原

我迷狂的鹰一直飞得很远
像奔泻的雨水，雨水只是激荡地拯救死亡
空旷！丧失着翱翔的鹰
成为云的嘲笑者，或是我老年的悲剧
我的记忆是神的福音书
神授的永久心跳的回忆
这时黑夜像个盲人
我扶住阿图什的墙，让月光伸出双手
伸出至美道路上的光明

5

“阿图什 21 年前尚未诞生的云群，在暗中的灵魂
成为等待者，成为让我表达的默默的大雪
这永远是某一个世纪末的疑问
而等待天空的人，是幻想中的鸟
让云群希望闪电，击中鸟的羽毛”

如果阴霾悬在空中，阿图什还有悲伤的大雪
近处的花朵返回春天

大地挽留了贮藏春天的失望
大地评判着——“诗歌”
灵魂的颂辞　白云覆盖石头上的雪
最后的积雪还没落下　焦虑的等待
我居住孤寂自开的城
如今我的玫瑰还不凋谢(野花是纯粹的玫瑰)
仰望阿图什,仰望追求的深陷的足迹
像失败的沮丧我背着秘密
月亮,月亮,命定的嘹亮的雪域
阿图什一纵即逝的光芒
或是爆竹声中剥开新娘和沧桑

1995

苍茫和夏天

有着旷远的飞沙走石袭击我
穿游在火焰和白云之间的碰撞
我给雪山的鹰带来了铁索
悬渡人类的苦难

假如俯首苍茫的人昏眠不醒
时光之马从蹄声中敲击我
迫使风暴触电,重读生命的哲学
我被孪生的词语邂逅
淋透了内心的渴意

是否在日落前蓦然归返
我又向顶巅的飞翔问候
你未形成的冰雹或暴风雨
未形成的灾难
拯救、靡乱、平衡的关怀……
怎样矢志不渝才能苦渡人生

走向溅落火焰的高处
我满怀豁达的心境正牵着一列鹰阵
俯冲吧！它将放纵人类的疯狂
当获得伤痛　更短促的叫喊
我莽苍的高原仍然存活

我再次转身看着荒漠
以火狐般的笑容，苍茫天穹下
那完全是亲近的温度和行旅
不是所有的广阔都被夏天仰慕
我这样站立听着声音
如同自焚的蝴蝶

1996

紫丁香的四月

从已知的夜景中认出你的面目
在春天的栅栏里
你重叠的失语是一层迷人的暮色
你灵魂的锁被时间搁置

从异乡到异乡　从布道者到布道的村庄
从那些已知的谈吐中
我温习了青春的往事,听见月黑风高的戏逐
在原野,种子啼哭的天空下
砂砾　百花　划向彼岸
如此甜蜜

在无人的高楼上,笼中之鸟对你的访问
守望荒凉年代的家园
星辰冷落……
你是一部行动的拖拉机
你不想用凄苦的抛锚来表达……

四月,雨水和日光对视
苏醒的闪电
将以生命哺育着原野上的乡谣

你布道的憧憬,无悔的追求
让我胸怀着至善的收获

是紫丁香的四月
在明媚的日子里推证你的旅程
是跋涉，是翔游，是山的隘口
是浩浩荡荡的泥泞

你是异乡的客人
你的质疑
你的探索
我听到眷恋的赞美
在岁月遗忘的深处

1996

时间的鸟

一声震颤收尽夜色的羽毛
你注定飞过长江，尖塔上的蓝云
有关很早以前的天空
一染纤尘，转身，双翅变得虚幻

一只只鸟秒秒的速度
没有洪水，没有风暴，没有夏天
一阵吞噬南风的展翅告别了
空空如也的薄暮时分

大地半边的夕光
无遮无蔽
一个钟点旋转在尖塔上
一个钟摆走动了子夜的最后光明

1996

玻璃废墟

我的羊群从生到死，一直没有看见大海
沉思的大海有一家玻璃工厂
至今我不认识欧阳江河，也没读过这首诗
但春天我在废墟上堆积碎玻璃的锋刃
坠落的玻璃如同冰
冬天在形成一座玻璃废墟
雪的相爱是热切的阳光中的栅栏

春天降临了液体，水蒸汽再深入地
剥开衣服，肉体，不存在的伤痕
音乐再次升起，谎言是窗户上的绿玻璃
玻璃废墟的一只秃鹫
它为死者选择了水晶棺木，爱过的红太阳
举行了仪式，在面容和空壳般的年代
我们含泪告别

今夜我长眠不醒，我也没有去过海边
蓝色早夭，匆匆在岛屿上玩斧子的人
也怀抱美人和童话，长伴冤魂
沉浸了玻璃的门——
秋天使我想起了一些鸟，它们迁徙
没有玻璃的巢，而农民在煤油灯下
用双手捧着一块幽蓝玻璃，面朝新月
颤抖的双手梦想了天堂

每一年都会有人去海边，海边有玻璃废墟
背着布袋，农民的衬衣割破，血成为汗
每一只海鸥都完美地引领了涛声
玻璃废墟出现了黑羊群
自天而降，风暴使烛火扶住涸船
让玻璃工厂的废墟摇晃

多少年之后，废墟上的七彩玻璃
使星空下的大海再一次透明。

1996

寒空之路

一万里的帕米尔
一部行动的笑容
帕米尔沉落的云火
我温暖或蓦然回首

一匹骏马的隐遁无踪
鹰翼、卜骨和狞厉的勇武
仍是内心温情脉脉的悠长之音

最古老的翎羽和箭镞
是一生不可言及的伤口
就在城的天窗中，盘旋之鹰
指明无法触及的深远之路
闭上眼睛

1996

1996年的大水

不要把聚拢的闪电坠落在安徽西南部
流泪的村庄在泱泱大水中
洪水围困的乡亲和田园
等待溃破还是逃避对生的担忧

一定是历史的轮回，使九六年
摇晃在收藏大难未卜经书的羊皮筏子上
大水使我坚持在险情之堤
心灵的祈祷缩小成雨过天晴的小小心愿

漂流的积物使桥梁水满堵积
形势严峻　但上空的鸟仍在飞
雨在模糊的云朵里
使目光苦涩地失去对收获与吉祥的悲伤

划动那对岸的船　到危难的大堤上
在雨中做一个劳动者
流汗　濯洗对语言的困窘
和麻袋里泥沙堵沉在漏去的词的表述里

一个世纪的家园总是多灾多难
一生的命运多变　向着九六年的大水
只把挣扎当成幸福　我们需要生存
（在大水中抢险守护危在旦夕的家园）

1996

遥远的海边是你的沉迷

在海边，美好的闪烁是一个夏天
在信札的许诺中
等着咸腥海水打来的痛苦

仿佛是暴雨中的雷声
恐吓地对收割解释阳光的疲倦

仿佛岩石上的蓝裙子
笼罩着伤口
使夏天的泪水静谧

一个遥远海边的影像
美丽、爱和悬念

除了理解、对虚幻与孤独的认知
连着重新存在的时间
遥远的海边是你的沉迷

1996

注视之后的水域

这时，你光裸的双臂
与蔚蓝的云
让我憎恨北方的夏天

对笑容的审视
和一个灵魂的欣赏
风尘仆仆　一路向北的途中

你无限的沉默
以及幸福和原始的憧憬

留下很远的自虐，他在南方
在一条河流盎然的草地上
看穿你的思想

注视之后的水域
有人，有你，有鱼
寻找命运

1996

如梦爱情的八月，移动的痛

我清理房间，我的血，或者张贴八月
我与一条山脉对话
这是如梦爱情的八月

我迎向最后的呼唤
光芒闪耀的书卷
敲不动一个日子的钟声

移动的痛，或者月色寂寞沉沦
失去一夜又一夜的天空
你来了，你又走了
用你的手指缠绕晨光的新生

1996

这里是秋天，只剩下想你的人

我的坟茔在远方，这里是秋天
我的灵魂是煎熬苦味的药
或者只剩下想你的人

是的，我饥寒交迫的语言
埋在我坟头的刀刃
请吹响我童年的歌谣
让风车载我去天堂

是的，爱情是局外人的
那么多的骨头包括秋日的尾巴
紧紧抓住天蝎星座

爱情的日子
让我肯定了自己
以一个父亲的性别教育太阳

这里是秋天
这里只剩下想你的人

1996

无限美丽的你是风景

站立望着北方
脚下是高粱
亲人在身旁　赞美你的黑发

在更后面的一列树木
一列更健康的雁阵
使你笑容可掬

除了阳光　还有田野里透视的七月
就这样缓缓移动
生活的谎言呼唤垂直的线条

你如果忆起这些日子
垂落在绿色走廊中衬托的你
还是你一个人的圣域

无限美丽的你是风景
有无限的绿
让我对伤痕有一种怀想

1996

春天的城市

绿色长廊远在北京图书馆那边
写作的暗示有一种寂寞和久远的生命
风筝和春游的人结伴同行
你也想走进浪漫的时间

只有阳光是一条高速公路
春雨绵绵地走过城市小径
城市是潮湿的辽阔
在长安街上，你朝两旁张望
红墙谛听萌芽的回响

悠远、自由、宇宙的颤抖
含着春天的蜜
你是城市的一只昆虫
在春天的树林旁
和树叶一起随风合唱

众人阅读的好书　看蓝天和白云
看着车流　五彩纷呈的前程
你不会忘记方向
路标让你寻找一本遗失的旧书
（远在路口被车辆压碎了心）

1996

在张庄路上生活的冬天

我被记忆中的荒凉流放
暗影中的少女　让黑暗疲惫
把全部的痛苦
释放在冬天的路途

我说生活的围墙太高
如你鲜艳的口红涂抹着悲伤
使真情迷失
像一把水果刀很快生锈
我的疑问俨然是对你的私访

我在深夜跨过铁栅门
在喊:“我爱着冬天”
开启的是一次痛楚的错误
你的心情埋藏在暴风雪里

当我囤积了粮食和词语时
泪水是编织的忏悔
一个冬天狂热的爱情
也不过是被寒风刮走的一张合影照片
像什么也没有发生过

1996

少年时代的印象与宿命

雪深处的希冀是绿色之鸽
也许一张白纸的悠长认识你
我是你的孩子，你是我的母亲
我们邂逅在大海
让凌晨停泊光明

你探望我
“一个宿命的少年时代的印象者”
当贝壳笨拙地走出一条河流
我们给灵魂祷告——
温暖的房子走向冬天

我寻找着旧衣服的纽扣
你的宇宙，你的乳房，你的耳朵
像一轮月色
现在脱去外衣，在音乐中摊开烟草
威胁火的静默与温度

接着八月过去
郁金香悄悄地缠绕
你垂直的事物
解救了纯粹的身体

在贫穷与微笑中击沉的痛苦

呼吸与目睹，呼吸与亲吻
坚持不分散的渴望深情已久
创造财富，种植太阳

1996

我梦见我的家

我梦见我的家　乡村贝壳砌成的房子
书房铸剑,沉默的来自北方的信件
这组合了生活的剪影

从家出发,那些河边的沙砾
都变成我理想的铺垫　说出
一个遥远的人是飞驰而过的梦
我想她是家的一部分

我梦见我的家　乡村渔舟唱晚的民歌
一些植物　与一度幸福的鸟群
一起在家的屋檐下谛听夏日的爱情

还有我的惆怅,在窗帘下飘扬
唯一能想家的一个人
她看到了我阅读的收获

我梦见我的家　在夕光中翩翩起舞
来自远方的朋友
与我煮酒论诗　清茶待客
我梦见我的家的一些生活场景

寻觅啊！我的家
此时收拾暖冬的诗稿

把苦难的果核埋入深渊
以待临渊羡鱼的梦境开始复苏

1996

修　炼

1

遇见鹰隼　瘦小的诗成长
撕扯着海的岛屿　在小提琴的战栗里
是落日的伤口

在雪中荒凉的野草　焚烧着光辉
一棵沉思的老树
从来就是一块精灵的石头
丢弃了死亡的迷途

我的语言压在雪线下的风暴
辜负了自己的温暖
可能的阳光倾泻　保持自己的火焰

2

故事说从前有座山,山的渴望
在宽阔的胸怀里　垂若冬天的木棉
它的栖居,它的高瞻远瞩
在黄昏里邂逅北方的冰

我能够站在风里　我的血脉
是你的一棵青青的小草

一只蝙蝠或黑色的花朵
让时间降生痛苦

行走在黑夜里做重复的事情
力不从心，她的声音和捶打
呼喊进入听觉，请止步
我预先宽容地释放思想

3

多少诗篇悬挂一个古老的传奇
此时，我的心灵支持了冬天
一阵紧急的蹄声　天马行空
或我的身体移动

那沉默的你
那期望的你
深藏不露的双手捧起杯盏

我站着与远方连成一步
无论是一小步还是整个脚步声
都惦记着未来　返回守护我的爱人

1996

四月的北方

持续的身影震颤　这不过是一种形式
有助于回忆和红色的周末
而一个人出现　漫步梨乡的四月

北方　或者晋州以西的梨园
白色抽掉了骨头　杨柳飞絮
妖娆弥漫的花蕾是迅速的爱情

第一种速度　臆想东风吹来　花暖日丽
你照四张相片　肯定了春天的家园
一定是两年前走失少女寻找的废墟

有多少时间丢失了轨道
难以言说的痛苦
朋友　小偷　宛如昆虫的劳动者
感受飞升的纯粹　独行在往事长河里

在这样一个忧郁的四月
一座梨园有更多绿叶尖尖地漫过北方

1996

喀什噶尔

在高原的教育里一匹黑马
没有鞍的骏马　骠悍的步伐
永恒不变的学习
嘶鸣的觉醒　狂奔的流浪
从来没有艺术的主题

浮现一个关于欢愉的面孔
这些炫目在土曼河边土一般的鸟
无法飞翔和展翅　落在宗教的顶部
我梦想的芦笛，还有刀光剑影
与夕光追寻　永不绽开魔术师的法术

灼痛的采撷　嘲弄花蕾的舞姿
轻佻　凶狠，被古老的枯叶引导
有时一个人不寒而颤
唤醒哀悯，练习小说的灵魂

历史与历史迟迟回到命运的剧场
让我乘坐飞机　将喀什噶尔引入天山城池
正是一种纪念我成长的高原
对你的往事异常干渴

如焚如痛　每天都把手中的火点燃
那跑在羊群前头的老人

山谷久久崎岖的径镀上的血
凄绝哀婉地看一个女子的传奇
它传送了结局的虚幻

1996

心灵的跋涉

写一封关于夏天的信
一首流行歌曲淌进心田
我是一个用
心灵跋涉的人

走多少路也要横渡长江
才能到达午后的采石场
渗透着烈日下的沉重劳动
和荫凉下的午睡者

飞速旋转的碎石中
伤口,生命的另一种形式
和没有迷失的方向
驶离艰难的行程

追逐苍茫的知识
乡居生活的笔记中的记录
心灵历险和磨砺与社会的对话
在七月的采石场成为历史

现在还是横空出世
你的前边是壮丽的山河
它实在是无人知晓的新闻题材

1996

卷二　诗之梦

放牧的下午

我远离　故乡仍然炊烟袅袅
时间的痛走失
我的羊群从生到死一直在落日里
栅栏上　我的返回如鞭

我玩扑克　羊群啃山冈
光秃秃的山冈
秋日的下午长出一截绿
成长　比一切快乐更快乐

我的路途布满荆棘
死亡和下午的羊群
洞彻生命　贫穷的乡村
让无边的寂静覆盖灼痛的尖叫

我纪念　我流逝的童年放牧
我为血脉相承的羊群
布道早年的祈祷
让暮色早些来临

1998

诗之梦

心旌摇荡　从枪的坚守里
出没于远方的黑森林和具体的宗教
是信仰无法代替的

匍匐或卧倒　隐喻或暗示
做梦　语言的准星
瞄准　击发的是空空如也的虚光

少年睿智的心路　有目共睹
诗歌清洁的墨迹　游刃有余
豪情万丈的青春　此起彼伏

荒凉或寂寥　废墟或城池
守望　一缕烟一滴水
由于太珍贵　是我们确认的发现

心怀人类　从本质的形式中
攀援智慧　生活历经草地的一段沼泽
诗之梦　集合睡去或者醒来

1998

一分为二的水

沐浴故乡河流的恩惠
像一粒谷种
居住在水的边缘

感恩的水
让愤怒的目光
度过一九九八的苦难

水是亲昵者
水是恐惧者
像摇曳在江河的桨
像翅膀划过内心的渴意

抗击你的夏天　水啊
淹没我的屋顶
你知道屋顶上有着
漂泊的小鸟吗？

迷失的水　转身就是秋天
跨过故乡的路
我只能用热爱
去热爱水和水之源

1998

土　桥

下雨时我的油毡伞　撑起温暖
回忆掀动小学的路
露出尘埃和泥泞的面目

土桥居于公路上
土桥用衰老的牙齿理解
拼读它的字母　因为年幼
一切显得过于沉重

经过　漫步　还有拧紧的瓶子
已经品尝的咸度　书写的作业
在土桥上整装待发
在铅笔与橡皮之间临摹汉字

故乡　像架起生活的土桥
人和车都通过
像席卷四月风暴的雨弥漫
土桥上真实的缝隙开放花朵

土桥亲切　正侵入故乡的血脉
雨的知识分辨乡村礼仪
土桥用一把人生的伞撑住天

1998

风　车

飞，一段乡村路上的线
系在寒冬漫长的欢乐
像鱼儿吐出悦耳的水泡
此时已结冰但我在冰上听见了……

像一簇火像火中的花瓣
烂漫的记忆　追随的伙伴
风车真快　众多的风车追赶
风车是我在假期的梦之路

风车真快故乡处处有风
风刮来……
风车上是望不尽的高洁
是我在日夜兼程

风车把童年带到天黑
风车系住温暖的炉火
风车的骨架就要铸造幸运
像风中的雪弥漫……

1998

跨越沟壑

唤早晨的乳名
唤昨夜梦见的伙伴
一个人的年代只有一段大步流星
那时天亮了　天仍然很暗

沟壑对于年幼的孩子过于宽阔
心灵慌张的时间里　如果迟到
罚站就不会痛苦　因为
内心浩浩荡荡的朝阳升起

卖着大一点的力吧
卖着冲锋的力吧
只跨越那一段无名河上的沟壑
睁亮眼中的开阔
像走进柳暗花明又一村

迈着年幼的求知
迈着泥泞的求知
那是心的宽度和心之弦
拨响了一个人难以回忆的声音
可以是胜利的　最得意的抵达

1998

初　冬

雪降临　给予一册古书
芦苇村背离了
飘离的雪花

我是从来不会让寒风想到的人
笔停滞　像一只黑鸦
接近天空下树木时的呼叫

纸上的思想布满黑色
一个离乡的人
收藏着暴风雪中的暗恋

诗篇与荷马不期而遇
闪电也遇到了全然不知的光明之神
寒冷与生俱来的音律浮出冰层

踏雪纵马　云深月照的年代
留下蹄印的芦苇村
暗示了阅读者的来龙去脉

1998

给逝去的堂姐

悲痛的泪　系住
弟弟无法想象的日子

拉着我的手的堂姐
一起挖野菜的堂姐
如今住进了高天

农药是水吗？堂姐
苦难的生活没有尽头吗？
像饥饿的童年吗？

在早婚和忍耐的乡村
堂姐　你为何陷入生命的沼泽
让弟弟痛心疾首

堂姐　天堂里不是幸福的生活
我心颤胆寒地寻找你
我在人间呼唤你

1998

门　槛

在北方的土地我想念你
贫穷和苍茫的冬天
我在门槛边摔了一跤

门槛是屏障
门槛是高度
门槛是贫富的窗
我的语言此时横空出世

门槛里飘散的肉香
门槛之外的阳光
呼吸　像鹰的盘旋
呼吸　像货郎的吆喝

我跨过门槛
我踏实的设想
心浸在门槛上的尘埃
涌向生命的另一扇门

1998

婚　礼

我愿酒醉　一千次
我写一首诗来纪念
我二十二岁　仍然活着

婚礼　福祉在你身上流动
少年的玩与笑
返乡的腊月　我遇到了好日子

我愿歌唱　倾尽万千风情
像小树林的角色游戏
让我懂得心心相印

为了在祝福中浮出一些诗意
我少年的兄弟　一生的兄弟
在我们的刀锋上磨刀霍霍

让你砍伐今夜的洞房花烛
我的黑夜　也为你祈祷
你扶住夜色的墙　在婚礼中
心醉神迷地度过这一夜

1998

大海碗

一夜秋风
刮来一场农事的庆典
把我的馋相流露

大海碗破碎的美
像宁静而切肤之痛的
贫穷的乡亲

纯洁的生活
像大海碗里的水
或者红茶

庆幸　我没有孤单
像深秋的霜降
铺在寒冷而高远的故乡

让我长大成人的大海碗
历经多年的沧桑
年迈地陪伴亲人

1998

贫穷的雪

雪在灰暗的时间里孤单　扼紧语言的流畅
雪在故乡的河流上浪迹　雪赤裸地趟过水
雪镀镍的金币很冷　雪在荒凉的荒凉中举棋不定

腊月皇天　雪憎恨阳光　憎恨盼望阳光的儿童
贫穷的雪让他们堆在人的形态中
雪是毛雪　细细密密　雪让乡村打颤

雪又大起来　雪飞舞　冬眠的蛇群
在雪中煎熬　经历农历新年欢喜的雪
有人　一个　两个　窥视了蛇群的忍耐

雪聆听乡村的埋怨　大雪还乡
疏密　贫穷　洁白　雪依然纯净
雪啃着乡村的骨头　唤着思索独行

雪心忧　雪是冬天的战场
雪又大片飘落　围炉夜话
雪的刀锋锋利　触痛乡村　贫穷的雪下疯了

1998

依靠火是不够的

依靠火是不够的
对我广阔生活的固守
冬天的寒冷在钻入
让生命知道了简单的原因

木头经过一个冬天化为灰烬
许多知识在寒冷中无影无踪
我认知的天空宣言
每一个黑夜都有火

最牢固的窗也透出空气的愤怒
对我房间的拜访
剩下发抖的心灵
和一个无政府主义者的意外死亡

无需预言的大风雪扑向火
火抵抗的声音燃烧生命
我穿上冗厚的棉袄走上前去
评判世人皆知的道理

1998

你是一个早熟的孩子

你是一个早熟的孩子
譬如风车构造了梦想
还不到放飞的季节
你在河边和水击鼓而战

夏日的尖锐在杉树林
你仰望天穹后俯视漩涡
许多瓶子在飞旋
出神地唱歌

所有的人都这样说
往往只有你自己的主意
才能穿插着瓦砾和泥土
和一座城堡深深的悬念

从你惊人的话中看到石头
第三个季节的空中
疾风太小,何以让你的智慧
写满真实的神话

1998

故乡的河和芦苇

绕过山涧的水聚集着波涛
芦苇茂密的水丛日益壮大
洗衣槌敲在青石板上
是奔向水流的劳累啊！

小树林陷入迷惘
河床上青色的鹅卵石
一个清洁的词语
比芦苇还要大

十一月的天空和芦苇
根在泥里的沉重
乡情和丰收的亮光
让水流一夜无眠

大砍刀要动身去河边
芦苇从根部倒下
死亡和河对视
依旧无法忘记贫穷的生活

梯子和雀巢的情节

飞雪洗浴的老树
雀巢上的伤痕
被冬日的阳光发觉
梯子上的高度十分清晰

游戏者爬上梯子
北风动摇了
背叛生活的时候
杀戮为雀巢剃了个光头

乡村哀鸣的叫声
是老人的叹息
梯子上的恐惧
像是一幅现代的抽象

把梯子搬走
危险徒劳地持续
从固体的雪中靠拢故乡
最初的生命和老树荒芜

1998

在黑夜里捕捉你的灵光

在黑夜里捕捉你的灵光
从雪中抓住火焰
一些人拍照

清扫大地的雪也心情不好
被滑倒的躯体
爬起来是潮湿的灵魂

黑夜的灵光在窗棂上摇晃
浸透冬天凌空飞舞的童话
扎在记忆的相册里

过度的漆黑荒谬地述说
冬天的律典冰寒七尺
却解不开苍茫从何而来

灵光中出现新芽
预言证实了彼此的通向
比捕捉的灵光还要沉重

1998

清澈的水井有鸟栖落

清澈的水井有鸟栖落
离乡多年的人想起来
是冬季的雪天
城市把画面推得很近

清澈的水在心里巡视
被记忆深处的暗色弄痛了
鸟的惊悚和游戏的少年
让水井日益衰老

思想的绳子在拉动
挤压平静的轱辘
不能放弃对自己的追问
熄灭心中飘飞的鸟羽

被鸟的翅膀带动的思绪
惊觉起来
太阳照在雪上
闪烁着水井养育的光辉

1998

雪中的火焰

词语的苍白流放
发言十分聒噪
你的不幸认不出雪
但火焰在天空洞彻高远

漫长生活的守望
煎熬自己的身心
松柏苍劲的枝叶
夸耀一场雪的份量

雪中的火焰
为黑夜的人操劳
对尖锐的丧失者
每一根针都刺痛时间

亮丽的火焰
你无知没有益处
现在改变自己
扑灭痛苦的另一种燃烧

1998

永远的乡情跟着离乡的人

永远的乡情跟着离乡的人
大雪分辨不出流浪者
离乡的思念和负重
让梦中的面孔涌在生活里

跟住你的脚步
所有的词语都是乡谣
与乡情酝酿的小米酒
紧紧地醉在记忆里

乡情上的泪水追赶道路
留在深夜剧场的感动
是二十年来的积累
将错得不能再错的忏悔丢掉

永远地离开乡情的不是你
一只摇晃的小舟载走今夜的片断
一个诗人从来就是天才
是活在寒冷的世界上的悲泣

1998

朋友们

朋友们来了，朋友们走了
朋友们打来电话
我欢喜，我的内心开始感恩

朋友们用语言饮酒
用雪光埋伏青春的壮志豪情
朋友们在对视中沉思

朋友们是一本地下刊物
朋友们是酒的孩子
嬉戏或者打碎饮酒的杯子

朋友们在酒店开朗诵会
朋友们的诗歌、小说
上升，落下，袒露，关闭

朋友们真情，善良、仗义
朋友们的话儿是地雷
让敌人不小心走进天堂

朋友们走了，朋友们来了
多少相聚和离别
我们的人生好极了，朋友们

1998

琴　房

1

路过琴房
灵魂在音律中升高
大地在倾听

智者，过滤着悠悠的弹奏
七个少女的村落
像七个飞天神灵的福佑

急骤的祷告
年轻的心在守候
白桦林中哗哗作响的自由

停顿中，十指哭泣
我迈不开向前的步伐
秋水的心是长方形的镜子
反射你的气息，大片大片地
吮吸你的光芒

我眨着睫毛上的露珠，这一瞬
果园看护了你的自画像
敞开的美在另一种指挥中
空蒙地追逐少年时代的鸣叫

我记住你的纯朴或呼吸
幸福的生活和灵魂在爬行
一步，又一步，阐释成熟的风声

2

整个喧哗的楼房抑扬顿挫
而忘却的生活在弹奏
洗澡花开，我经过了一夜

你让风吹来
已足够一生的回想
赞美都隐匿进神经质

弹奏着平原老墙上的斑驳
大旷大远，你不停地移动手指
坠入深渊，像夜莺的暗恋
制止了我的迟缓

你突然让我转身的音质，昂扬
看着含羞的你
足够让一棵树生长的岁月
在有火焰的琴房倾听你

我在琴房建筑灵魂，移动的虚构
虚构的大海，今夜我的虚空
远方的传诵把音符当作翅膀

捻亮灯火吧！我叫不出你的名字

我在走，琴声也在走
高高的人生跌在思恋里

3

我躺在沉思的草地上气喘吁吁
琴房，像一次早祷
把目光倾向词语的冰
音质锐利的刀锋，锋利的刀口
一个悲剧的狂想曲让我战栗

《一个美国人在巴黎》，倾吐高度
赞美与流淌的声音
透过玻璃窗子的清澈，是琴键
叮当叮当的失语

穿游的弹奏缓缓而行，像童话的指环
不断圈住现实的记忆
布道者的尘世是温情与伤感的黄昏
喃喃自语的作曲家
发出高昂的嚎叫……

灵魂追随的音符啊，天堂与地狱的
少女，在爱的恳求中
溺死在血丝布满的眼神
活着，漫长的岁月就是一生

寒冷的冬，风沙旷远
城市起床时，琴房没有你的歌声
边走边唱，投掷声音的步伐吧！

我面向朝阳，当寒风落在我的头上
琴声之神浇灭了冰冻的苦痛

叶落之下大地空旷，琴声拔地而起
摇撼着雪　雪怜爱你们
如果我弹奏　丛林在我的路上
让我手足无措　心慌意乱

4

冬夜燃起炭火
升起对青春的感悟
琴房在寒冷中守候你

你的琴声驱走了今夜寒气凛冽的风声
琴如一棵树穿越冬天
虔诚地发出美妙的乐曲，陶醉了每一个人

灵气包围了琴房，天飘着雪
伫立窗前，炭火在另一间屋子里
脊背上镌刻的沉重
升起健康与快活的思索

用你的呼吸冲开阻碍
仿佛遗弃了受伤的鸟，悲啼泣血
在生命的奏鸣曲中，血是醒的
却让我挣扎，向琴房眺望

在城市枯涩的眼神里，我阴郁的往事
苍白地流放，我在崇尚死亡的怀抱中

把一次真挚笼罩整个楼房
洒向琴房的是水晶般的梦乡

一阵寒风来，一大片雪光
一生发出的口号在脚下
琴声起，生命向上
我们彼此交待生活的现实

5

我有了比十指缠绕迷惘更多的回忆
琴房在你的时间里塞满练习的速度
琴房，浓郁的一曲啊，藏着你的阵地
隐蔽你发鬓间高雅的美

我在一地尘埃的忧郁中沉重
这儿，我身边的蜘蛛在坚韧中作战
它的攻陷，是否等同你的技艺
缠住我的悔恨和忧思

情书，诗歌，抒情歌曲和口令
步伐一致的广场检阅了昨天的行进
她是月光下的伊人
独自弹出让黑暗褪去的幽香

在轻浮之年，在轻浮的雪花里
我在一间剧场的化妆室里，满目皆非
置放琴的地方勾起我的想念
灰尘的音色，你倾听过她的琴声没有？

当阴郁的心放松，当我路过琴房
我情不自禁地凝视你
还有什么比语言更真实的陈述？
还有什么比对琴声泣人的倾听更美？

我轻傲而苍白，年轻而豪迈
对琴房的痴迷被岩石发觉。我踩着脚下的
光亮的地板　在一无所知的生活中
一如既往，只对琴声的精灵歌唱

6

在琴房的间隙里，一个人梦想的家园
使我的词语停止喧哗，你根本看不见
睫毛上的诗意和第三个落难者的命运
“学院的倾泻者和冬天的亲昵”

在爱神的指间，你掀起轻松的尘埃
死神的炉火，即将熄灭
来到众生平等的冬天，撒满月光的琴房
是响亮的脚步加快了节奏的升高

“真实的撕扯，是告诉者的劝谏”
这个多情的诗人放逐语言的夜莺
是讽刺时代的颤栗或者无知
安魂曲响起　人类已熟睡

整个过程遮掩了技艺，生命搭起了浮桥
渡过河的战马，像琴房的重量
碎裂边界的花园，我扔下打扫的工具

和一把剪掉七个少女发辫的剪刀

我经过琴房喜形于色，高兴地说
是我们最初的羞涩
一个人不能进入另一个人的血中
另一个人不能把剩下的时间和一个人同行

汲取琴声的精神，抵达乐园，这个写作的
过程中，与对视的弹奏者
“你有什么理由去敲击琴键”
琴，琴声和琴房，在失声中逃遁和隐藏

1998

失落的青春或悲伤的返回

在列车穿过的隧道，血在摇晃着黯淡的灯火
廉价的食品和盗版书刊，让厌烦的叹息淹没呼吸
在路上，生命的轨道和车轮的撞击
引领青春的小夜曲安放自己的地域

一个慌张的青年正襟危坐的脸庞
告诉你价值判断与存活的理由
心灵被什么物状钩住了，悬得又高又痛，
撕扯着讨价还价，价廉物美，彼此心照不宣

难以抑制的茫然降临，是网和深渊
在土地上，劳动者没有控诉权，就要公证了，仪式
当黑马风驰电掣而来，一个青年眉飞色舞度过苦日子
而养育土地的风雨从未梦见幸福

失落、悲伤，蚀本的生意经，高过头颅的苍穹掩护着
好高骛远，是一种精神的疗法，三两个赞同者
在坚守中失去勇气和一粒尘埃，窥见天堂的灯火
却毁灭了生活，更深沉的部分蒙上了面纱

一声汽笛，工业时代的嘶鸣。当走下列车，穿越
短暂的地下通道，城市告别的翅膀是飞鸟的宠幸
却挣扎着蠕动的心声，泪水在疲惫中打滚

1998

旋　转

失落，一份没有学历的个人简历在城市四处碰壁
当暴风雨歇了，晚风吹来，是旋转的灯火和车流
故乡。证件可以丢失，古老的乡俗和不停的微笑
作为被祖国挑选的青年，钢铁长城是伟大的比喻

在苦难的漂泊中搬运清洁的心灵，尚未开始体验
焦虑。慌乱的心态。和一张无法填写的履历表
多想哼自由的调子，迫使自己加入拆迁的步伐
视觉、听觉、味觉，一一过来，血液的花朵怒放

在那旋转的人武部旧楼，热血的青年
多想快一点上路，这只是挑选
心跳加快，伴随更大的静寂，当阳光闯入窗户
自己的体检表格是一份合格的文件

一个曾经在语言中困窘的人，讲述他的青春
枪是他的生命之舟，向旋转的鹰射击
如果错过一个时间，那么无法守卫戍地
另一些旋转的精灵成为他的祈福

一个端坐城市的无所事事者，来向你旋转自己
“向左 180 度，向右 180 度，向后转。”间隔多少
多想问问指挥他的人，但已远去了，却记住了
内心中的秘密，一旦山河破碎，就是旋转的献身

1998

长春桥 109 号或变奏的城市

灰暗的灯火，推动着一个静止的头像
狭小的平方米，伪装的饰物和你见面
你来到 109 号，你已病入膏肓，几乎享受痛和
摇晃的快乐，必须在烹饪中显示技艺

血涌在身上，床适合处女的睡眠
有幸和衣而卧上演现实主义的戏剧
柏拉图的爱情，在你的青春中借走无数激昂的
男性语言，那不是垃圾之歌

通过五角钱的地铁和并不昂贵的出租车，适合了
信件的许诺，应该消除比喻，应该分析某种药物成分
而现在的记忆和你成为母亲，并且适合与他的
任何一种姿势的谈话，并且可以回忆任何一种姿式

你的叫喊和松懈，让长春桥心慌不止
见证的长春桥 109 号，情欲，理想和坚守的爱情
无法读这些泡沫一般的诗歌，而那夜的电台中
某个节目主持人正天真地重复一个诗人的
“让不可能成为可能”

再那样回忆深夜，冷爬上了床，你飘垂的长发
可以和一夜风声那样长，八千里的等待守候
但这不是同样的结果，憎恨，陌路，被误置的青春

在恐慌和今夜怀抱中的孩子一起睡熟
并做着与变奏的城市无关的梦

1998

旅途或青春奏鸣曲

溢满汽油味的兵车开动，他的泪水滴在生长他的大地
他转身坐下，鼓乐喧天中震撼的场景，一个说道：
“必须抛弃幻想，你身上必须承受坚守的军旅”
迎着风，挥手，一眼看到亲人在随兵车跑动，阳光快速地扑上来

听一首歌，寒冷钻进裤缝，转移的旅途
他像一只钟表，被青年军官斥责，拨紧发条
而失去了故土，在长江码头上一脚踏上了水之源
世界在列队，江那边的树林隐约可见的依然是雾

那一身没有徽章的绿色，承受着青春的迁徙之途
用军用搪瓷缸吃饭，叠得方正的被子有立体的美感
他耐心地服从，内心为什么一再流浪，翻滚着旧事
当万家灯火从远处或岸上发出微弱的光
等待着一无所知的另一个地点

他梦见操场，梦见国徽，这只大轮船无法停止航行
他想自己变换的面孔将是什么？
抵达一个和平的兵营，美好的向往带着理想走路
但黑夜仍然在这里，等待的黎明在梦醒后才能出现

经过祖国的大好河山，对于苦难的往事，给他指南针
时光消逝，你背好松散的背包，又加入青春的体验
新鲜的旅途，在追赶飞翔的奏鸣曲

他最初的才能绽放，但必须对“立正”奉上敬意

1998

成都或另一个地点：府青路

麻辣的气味四处可见，在桥梁的周围烟雾袅袅
以成都大众的方式出现，雨后的成都，府青路
只是一只甲壳虫的鸣叫声，接着是——
军号声，在一座城市的悲伤与躁动中传颂

他在四楼看楼下的小贩，看河边的污浊的水
从人民中路到府青路，他的步伐是稳健的，他的颜色
在阳光中喷射青春的香味，怎样融进休闲散漫的城市
茶馆表达了真实，比如滑冰场在“模拟真实的速度”

他在抄写新闻，他在每一家报纸出售灵魂的弯曲部分
他抱守很沉的东西，抒情的写作被丢失
以挖掘典型人物的方式，他的灵感是渺小的
一台照相机摄下的图片，变成了报纸的新闻

成都，他走远了，他的心里辣辣的，吃火锅
杜甫草堂，人民公园，又折回武侯祠
在青年军官的眼里，他不是一个安分守己的士兵
他诗中的人是野马，一下子撞倒了府青路的栅栏

府青路，他的想象力打上一个又一个结
一张车票和挂号的录取通知书，在深入的生活
告别成都，给可爱的女兵打电话，心旌微颤
沉重的行李和闷热的空气无法进入回忆

而成都在远方

1998

在酒中

——致贺东久

在酒中
生命是一张情网
有时一用力
里面的爱哗哗溢出

这正是你的天才
你的木真
饮下的浓度是豪情
我在午夜的醉
载满你诗歌的
醇香

1999

纪念的诗话:1995

——致贺东久

那个夜晚
几个老乡聚在一起
不过是用诗的手指
打开一瓶瓶浓浓乡情的酒

沉默如金的老久
突然掏出一叠诗歌
一个悬念
让夏天的炽热释然

不过用乡音的朗诵
情已淌在凉亭河里
或者用枫香驿来约定
我们熟稔的路线

当故事从弯曲的记忆里想起
几个老乡朗诵诗的迷情
驰过西三环夜空的喧嚣
落在你的梦境里

1999

诗是用酒酿出来

——致贺东久

诗是用酒酿出来
你不用意识
你有如酒的心事
写诗是快乐的
你已酿出了悠美的歌声

那词语是瓶子
那词语是浓香的酒
标明诗的质量
有火焰在黑夜里蹿动

当诗看到火焰
看到豪情万丈的你
它也想饮下你杯中剩下的酒
也想醉倒

你总是一饮而尽
看到失意的词语
每一次，你都想
拉它一把

1999

你勇敢的手啊

——致贺东久

你勇敢的手啊，你不要祈求
你伸进天空，云朵和你相拥
在那样的境界，如伊甸园
你的手摸索“爱”……
像端起一只高脚杯那样
不须思考，那是本能
你勇敢的手啊

1999

新疆的荒原在城市的谈话里

新疆的荒原在城市的谈话里
在没有寒冷的屋里，笑语飞扬，心旷神怡
至于饥饿是一种记忆，有了疲倦的念头
不能睡，否则死亡怀抱你
此起彼伏的流浪生活，系在爱情的幻像里
喀什噶尔土一般的鸟，羽毛是尘土
流水的土曼河，枯干的河床、爱的枯萎
一生的理想。在鹰的地域，埋下心痛
劈些木头，想象篝火里的荒原
一对情人的无语，只渴求爱
这无物的世界，退缩或畏惧
激情的语句已陷入冷淡

1999

灵感与规律

灵感与规律。写作中感受的源头
多年在摸索中留下的印记
快，快些，快要溜走了的灵感
我被困在了腐烂的周围
一种茫然的想法，如血迹般的葡萄酒
异常的味道来自法国四省，身体变软
情调在规律中，而应该偷窃目光的迷情
像大庭广众下的丑闻，几种灵感，万种规律
文学大师的创作，无疑是顶峰或悬崖
勒住梦吧，比如醉话连篇
而是带着毁灭的念头
对一首诗无动于衷……

1999

在西三环某路口看见一匹马

在西三环某路口看见一匹马
搁浅的记忆复苏，马的蹄铁声声
比如鞭打声、比如奔跑的渴望
将我拽向马背上的草原，我爱马与骑手
城市折磨着心，钢筋混凝土上的人群
因此贩卖者的马车停下来叫卖
一匹马看见红绿灯，“停”
上述两种“停”被马发现
我的目光沉滞，唉，马啊，马！
远方的空旷逼近我
我的四肢在白昼的邂逅中僵硬
像我看见这匹马的悲苦

1999

魏公村散步的笔记

魏公村散步的笔记，如同坚冰形成的过程
北方教导着蛮荒的语言，你说美是表演的形式
我在这里读书，用茫然的手指缠绕
词语和枣核，以秋天突围
更多的人困住了，我看见落日在少女的身体里
逐渐变成黑色，宣告时代的替换者
而欲望之火沿着每一条道路，必然
每一寸土地都被感染，我阻挡侵袭
我以为智慧是一部经书，而纯真在哭
石头有棱有角，或者被足迹冲刷的圆滑
却被野草掩盖，怀抱，再如“散步”
被一弯冷月的气势与悠美引领……

1999

你也许在梦中恋爱

你也许在梦中恋爱，而睡眠的地点
构成人物和爱的探索方法
而阳光躲起来，昆虫在你身上爬行
像猜谜那样寻找约会的地点
对我窥视的结构，建立了一种高矮的关系
让昆虫分辨出，如同蜜蜂的生活
对幸福的蛰伏，让新潮的句子，比如
“这不是死亡”，而沉睡正是另一种死亡
循规蹈矩，当我找到学习的方法
被你的梦嘲笑，快开窗，你在喊
而情节在小说里，它能否
进入城市的幻像

1999

暮色苍茫

暮色苍茫，走近悲苦欲绝的荒漠
一只鸣叫的鸟带着黑色，用喷墨般的羽毛掠过
我的目光。煎熬此处的干渴
它们没有生命的意识，天空呈现更空旷的黯淡
黯淡之中，只有我一个人的生命感知孤独
如一个人只能戴一顶帽子，仿佛无可替代的头颅
不能让虚无说话，觉醒的嘴唇裂开了
吮吸着什么……芨芨草、骆驼刺上的露珠
羊皮袋子没有一滴水，赤裸的空间和空无一物
贫乏的自由，当生命存在着
仰望暮色，苍茫大地，谁启示苍茫
走出没有人烟的苦难

1999

我居住在小镇上的葡萄园里

1995：我居住在小镇上的葡萄园里
拴狗的绳子系在窗户的钢筋上，和一只狗
共同承担着看守，把生活看作浪漫的品尝
饥饿的滋味在回忆中畅想，沿着乡村小道
透过黄梅雨的思念，乍然梦见丝绸之路上
商队正驮着我的新娘赶来。梦醒时分
夜正剥开月光的内衣，落在我的泪水上
但坚守是真正的孕育，苦恋的信札
从未在唇齿相依的呼吸中喘息，离去的夜
皖西南的小镇让我无病呻吟
葡萄园羞涩的乳房袒露着
于流火的七月将生命携到异乡

1999

我是一棵绿色的树

我是一棵绿色的树，山冈上的风
不知所措地摇动我的心灵，当迷恋的枝条
隐蔽着，假想一场战斗的胜利，众多的儿童
攀登我瘦弱的身体，用木头的驳壳枪，说
冲过去，对树林、山冈、大沙河开火
这些游戏飞越时间的苍茫，涌到北方的城市
绿色是永恒的信仰，当弹无虚发的敌人
击中我的生命，当我倒下，我的根向大地纵横深入
我的世界因为绿色的象征而存在
与辽阔的天空汇合，不惧怕骄阳
却泰然自若地舞动自己，挺拔的姿态
像对命运向上的肯定

1999

北京地铁

北京地铁，当你深入地下的隧道
隔着铁轨、灯火是你伸手可触的感受
但愿提升的速度穿越城市的缓慢，用准点时间
缓解城市和时间的窒息，这些乘客如同
集市上的人们，沉闷，或急于回家，或站立着
或看晚报上的新闻。我愿意在环绕中做梦
搁浅的约会，或广播这是哪里
当地铁口的寒风刮向我，我走在尘世里
历经地下的旅程，一个人用两元钱的车票
相遇什么，仿佛沉重的夜幕匆忙
我到了这一站，我剩下的那些站
是短暂的片段，驶向迷茫的地点

1999

城市的思

城市的思。从夜幕中熄灭火
空空的走廊,转身无法分辨自己的门
一大片月光亲吻我,故乡让我洞彻了
青春的迷墙,而骤起的恐惧顿然消失
渴望欢乐,我却做起了噩梦,沉陷的城市
我自己毁灭了光明,不过祈求的爱
裸露在陌生的屋宇里。执子之手,与子偕老
城市的古典意境,回到思的涵义里
城市无法虚掩自己的倾诉,当痛苦逗留
雨在迷途中狂泻不止,创造
如何让外省青年安居乐业,而城市的思
用星空来容纳我们的小和呼吸

1999

深山樵夫

深山樵夫，一个别离现实的火种
像你遇见白云，用攀登去呈现品质
岩石和语言，砍柴刀和绳构成了生活
当你砍柴，天仍然很暗，记住眨眼的星星
隐没中的告诫，浮动的内心负重
质朴的力量深入，至少相遇的语言之刃
和你一同落在木头上，散发潮湿的气息
源泉是如何涉过荆棘和蜿蜒的山路
在暮色中挑着柴回家，火种，出售的交换
生命力的赞美，樵夫固守着家园
每一次的劳动，是一个人
在巨大的黑色中围困光明

1999

用手指一指星星

用手指一指星星
眨眼的童年，夏天说出北斗七星的传说
星星是梦乡，把启蒙绕上光线
童稚、赤脚、芭蕉扇和红茶的故事
如痴如醉，我看见说话的天空
大河的女儿，抱住我弱小的身躯
在南风涌进村庄的时刻
像在月亮婆娑的镜子里哭着，哭着
泪水是星星的影子，伤痕，或者入迷地
倾听记忆中儿女情长的英雄列传
当我伸出手指吮吸……
星星甜蜜地消失在云群

1999

在阳光中看落叶

在阳光中看落叶，包围着迷恋的美
这芦苇村，秋天的哲学增加着沉淀
枣树林那边，干净的落叶飘落
有阳光组成乐队，阳光奏响生命的赞歌
我寻找泥土与根
落叶一心一意地显示自己的小
我看见了我的倒影，和落叶相遇
没有书卷，或朗朗的读书声——
知识将这些引为经典
在形式主义的句式上
或我的目光里，落叶又厚了一倍
秋天在阳光中俯视着

1999

当我躺在草地上被天空包围

当我躺在草地上被天空包围
闯入诗歌的词语源于贫穷的放牧
我体内焚烧的欢乐涌到天梯上
散发着四面八方的牧歌声
用牧鞭去勾勒大地的美
我想小睡一会，当睁开双眼
天空的颜色如同幻想的黄金
像火焰在云里颤动
被召唤的岁月悬挂在苍莽中
徜徉，沉思，掠过性灵般的飞翔

1999

乡村挽歌

乡村挽歌是唱诗的人，向死亡祷告
那淹没的田园漂泊着意象和杂物
那木船的帆在暮色中扬起，宣告转移的生活
“作为进入他乡的粮食，树木成材了”
此时死亡可怕。未曾想到了洪水的悲戚
看见铺天盖地惊泣的声音袭击着乡村
至今仍然用泥土砌墙，水涌向我。我乘上木船
人的生命变成什么，焦虑的绝望
痴呆的凝视，失踪的亲人
是乡村的迷惘，而游过来的小黑狗冷得发抖
我们唱诗吧！牺牲诗篇的高度
向远方漂游，携上乡村的骨头

1999

捕蝉者说

捕蝉者说，当空旷的双翼拍打着炽热的风
十几年的时间，对于蝉和煎炸中的美味
保留一份起初的印记
我爬树，苦味的日子
夏季的辫子，是系在烈日下的网
捕蝉者如“知了”，你知道自焚的蝶吗？
用一种姿态死亡，而贫穷和饥饿的村庄
听见蝉鸣，用生命度量了生存
蝉的吟唱，像是童年的戏曲
在夏天最忙碌中盛满蝉的叫声
用一根竹竿固定的网兜来搜寻
沉浸在烈日下失重的收获

1999

返乡日记

返乡日记，对于归途，只是空荡的记忆
踉跄是形容谁的词语，渗出清闲的呼吸和露水
在尘埃的脸上，浸过故园的水路
时间的碎片，荡起一只小舟的距离愈近
生疏的脚印让芦苇村尖锐地黑暗
唉，乡亲们，我踩到了泥土了……
饮下我们的河水去洗净干渴的病
像犁铧切开田野，田野有多少自己的痕
风轻拂，心搬运着思乡之情
笔墨是熟稔的，亲切的呼唤落在心头
惟有我虚空的心愧，你们喊个不停
“是我回来了”，我真的回来了，乡亲们

1999

童年的军事地形学

童年的军事地形学，在记忆里
处处是谋略，战争只是幼稚的死亡
譬如用柳树条扎成的隐蔽物
闪烁的草丛里匍匐着前进，向低洼地
当我发出命令，派遣一个伙伴或战士
让另一个山头的敌人无法击中他
我想，惟一的胜利是地形学的应用
多年以后因势利导占据着梦想的战场
如木头枪，如铁式的炸弹，在口哨中
目睹自己的兵阵，搜索每一处地形
信念里分享着未来的沙盘
然后就是变化无常的战斗

1999

忆参军的冬日早晨

“上路吧！孩子”
沿着贫穷的芦苇村蠕动
路边的篱笆墙和土坯砌的屋舍向我张望
向我招手的乡亲无语
我看见：抚育我的村庄用阴暗的天气送别
它心中的曙光，变成响亮的爆竹声
潇洒从军行，起程于冬日早晨
“这远方的征程是另一种生活，与此不同的”
“河流和山冈，冬日的雪也来送别”
我想流泪，我的乡情闪透着
我在兵车上无法回头看……

1999

大沙河

大沙河，在水的思想里跋涉
最深的思念莫过于游泳中的深度和时间
将在乡情之思中度过，还有我的暗影如水
如果你有水猴，就扼住我的咽喉
让我苏醒，在大沙河里，温暖的水
随着落日仰视天空或背诵课文
当荡起小船，跳水，为美丽的邻家女孩作鬼脸
对于今天的母亲河，我的嘴唇已干裂
越过多少路程才能游进你的心底
你降临了夜，越出水面的鱼儿围住了星光
因此，灵魂返回你的河床
在沙砾、黝黑中走进你的身体

1999

西藏:1996的灯

那位点灯的喇嘛领我穿过
幽暗的走廊,而恐惧与虔诚的黑夜
让我寻找酥油灯的芯
如今这位失意的游人曾经拔高了西藏

一个亮点的光,在寺庙的气息里
尽管贫穷也是信仰的部分
构筑西藏的词语像迷宫的路
那无限的高和无限的呼吸汇合

西藏,即使我死去的那一刻
我会想起饥寒交迫和喘息的跋涉
不是乐园那样敞开福祉的那一夜
让1996的灯点亮西藏的记忆

2000

青海:1995 天空的蓝

青海的天空痛楚的蓝源于
我流浪心灵里忧伤的苦
征服我的蓝是单纯的
我怀抱蓝的情人,竟痴若诗人

想起炼狱里自命不凡的人
在感恩中饱受死亡的叫喊
1995 天空的爱高过蓝的飘荡
风吹过的青海唤来灵性的少女

少女唱起牧歌,让风笑弯了腰
青海捕捉了蓝的爱情生活
我却认为生活领悟了人生
而走失的黑暗沉沦于青海,蓝散去无痕

2000

喀什:1995 年春天

春风在喀什的路上卷起尘土
尕提尔清真寺看见誓言被流星击中
我和一位恋爱的少女埋伏在
土曼河边流水的浪漫里

喀什只有我认识的一位少女
给我诗篇、激情的默想和宗教
以及一只小小的熊的香水味
用梦拴住爱的空隙

1995 年春天,喀什燃烧的花
祝福是心痛　相爱是孤独
我却在江南的地图上寻找
喀什为我养育少女的位置

2000

行旅苍茫

死亡向你敲响最后的警钟
一个行人，孤愤的脚步冰冷
高原。高原高高。狂风暴雪。渺无生机
正如伤口说出的罪恶

众星拱月，黑夜。异类的动物
与古老的幻像重叠
肉体随时腐烂，危机四伏
思想的匕首刺向苍远之境

天高云如飞絮，光明与荒凉的道路
踩着血里的浪漫气质
翱翔。鸟羽化成万物之源
死亡消逝到人烟里上路

2000

纪念的悲伤言说

只是消解的话语
含着利剑或中伤的分量
当忏悔或无比谦逊淘洗心灵
要放过说过的人

只是神经的怯懦战栗
是高洁的孤傲，是丑恶的谋算
是交织的准确的投射
照样可以杀戮没有牙齿的人

只是纪念的空位和悲伤言说
夜已逐渐失去黑色
是收购的天空的笼罩
割伤了小心翼翼的人做梦时的恫吓

2000

心　灵

序诗：夜。春天的沉思

在如沐春光的想象里，我的心灵被灰尘、世俗所玷污。我被人群谈论、排斥着。这时，我从回忆里想起“心灵”，当我去灵魂的诊所诊断时，这时神祇和医生告诉我，你已经染上了。

唉，我不得不告诉关心我的人。

“我要写下心灵的病历。”

我说：

夜，开着你心灵的窗户。

于是，一些带着春天气息的味道滋润了我的躯体。

献辞，二十四个透气的孔

当我忏悔地说出，当我在教堂里沉默
当血从二十四个透气的孔经过
当孔成为污染的道路，它的主人
在幽冥的语言里迷失
二十四个透气的孔是起因，更是他的劫数

当春天宣告阳光的减价大甩卖
夏天不会有人再买空调了
新鲜的事是梦一般的……
和我沉重的步伐涉过透气的孔

是那心灵上涂改的罪恶，是地下通道的泄露
心灵剥夺自由的赞美诗呵
那一年一个孔，透出了多少忘情而独出心裁的歌声
那二十四年二十四个孔啊，在一个特别的句式中
像死去的人复苏的希望还会有啊！

我透过镜子观察了心灵

镜子是远古的铜镜
镜子不是现代工艺的产品
而心灵原形毕露，心灵则狠狠摔碎了镜子

说我的罪在哪里？
我的罪构筑了幻想的墙，是自私的墙
隔开了希望的种子。
而一排排更大更高的墙
说我的罪就是反思的心灵，知识抑或良知

说我透过镜子的心灵难受极了
悲泣的镜子受伤
在草原。在原始与原始中凸现心灵
马发现我心灵鞭打的念头
于是奔跑得更快了
鹰洞察我射击的凶残
在唆使仇恨的爪子伺机发起反攻
绵羊却无助地看着我主宰的心灵
我却是一个不食羊者
绵羊杞人忧天了

这是矛盾的心灵

此时窥探着自由的青草
变成一只羊，吃草。当宰杀的是自己
心灵的肉体则是清洁的——

城市，恍若又发现心灵的原形
听到了屠宰场的尖叫
听到交通现场的惨叫
听到了暴风雨的哭叫
从草原回到城市，在白云和黑云之间
心灵飘忽不定地选择归宿

暮色苍茫，心灵的历史

心灵在暮色苍茫中行走
心灵的想象是绿水青山的意境
心灵的位置却在荒凉戈壁没有人烟的高原
心灵的使命是受难和启示

心灵呼喊着父亲或太阳
心灵无声地行走，没有水了
心灵渴了，心灵吮吸着露珠
露珠是骆驼刺上的，骆驼刺告诉心灵
“你是自私自利的”
我渴了就会死去

心灵羞耻地走开了
心灵遇到骆驼，骆驼告诉心灵
“我教会你忍受饥渴”
以便你变成善良和清洁的
让人爱的心灵

心灵煎熬地走出了暮色苍茫的高原
而心灵被苦难主宰了
痛的历程，一切都是记忆呵！

阳光中的金子，心灵的颜色或财富

阳光中的金子是高贵的
借着阳光狐假虎威，阳光照耀着金子的光芒
心灵在阳光中也出现了颜色
这颜色是混合的，没有命名
心灵就把它称作财富

阳光中的金子
用高傲向心灵宣战
我是金子，贫穷的心灵
心灵，我的颜色多于你
单一有光芒的金子
我有多种颜色就是财富啊！
我是你的先知者，金子
心灵也骄傲起来

当看到金子在西天沉落的太阳下
继续闪烁光芒，心灵又在苦思
最后，心灵宣称继续积累财富
和金子一起放射万丈光芒

审判，法官 X 和心灵的辩言

我知道心灵没有审判的罪

心灵恐惧“审判”,“审判”是心灵厌恶的
法官 X 和心灵的辩言
心灵说我是真正的法官 X 无须和你
讨论关于心灵的审判

那法官 X 准备了案宗
指证心灵的罪,心灵却说
于我之外,变幻万千
法官 X 无言

心灵胜利了,心灵与法官 X
一起从审判中归来
迎接他们的是人群不息的掌声和
心灵情人的玫瑰花

2000

寒冷的礼节

在库尔勒，我沿着雪花的灵性
登上最高处，仰视城市纵横的灯火
寒冷对我的礼节是最亲切的
像骨头里的春风

我用豪放的姿态与你相识
不是寻找荒芜，不是孤独的流放
寒冷啊寒冷——你开始降低高度
你让空白如消失雪女的舞蹈

我享受了最高的礼节和启悟
可敬的人们，对于这样的生活
我衣衫冗厚，一种从未有的震荡
当星夜像一只流浪狗一样惊吠

我承受这趣味相同的呼吸与行走
摆脱了远方温暖的贫乏
尝试走入寒冷的习惯，同一种
心情游弋于想象中不能自拔

踏雪留下污迹泥土沾在鞋子上
咬紧牙齿，我有充满活力的血
我愿意落入苍莽的寒风中
和它一起向大地献礼

2001

在荒芜的边缘上

目光深处，数不清的沙砾和枯草
塔克拉玛干沙漠已经进入冬季
行吟诗人拥有对生命的法理和追思
却不能让寒冷退避躲让

那年冬季派遣使节时常造访
住在想象的一个虚幻里
喀什少女的百叶窗没有拉上
让我消耗词语的爱情属性
而遮盖是它自己的魔布

现在，当活着的人重复往事
过去，或者逝去的重新勾起
越过伤痕累累的废墟
看着归来飞鸟的窥望
危险是否存在，还是等待情侣？

面对如此广阔的奇观
风沙是生灵的敌手，抗拒它
走啊，走啊！尘埃徐徐落定
透过无边的幻像，看见
未来是不可预测和呈现的

在这里狼曾经出现，或者梦境

对于荒原的狐狸，有火一样的颜色
狼成群结队跟随着——
在沙漠公路的中间位置
它们知道人类的气味和特征

这里真是荒芜的边缘，深入核心
无人区里再次想起喀什少女
背负千年不变的问题，然而还是
一个恨不能了的悲剧爱情
却让我看到了瘦弱的马和炊烟

2001

三　年

——致 FL

风走漏了严寒的消息，三年了。
从圆明园之夜的激越里
我抖落了摇晃的青春
迈着步履与迅猛的西部相融
而这里都是粗犷与直爽
现实，延迟我三年的心力

不来马兰，不知道天寒地冻
如何凭借遥远怀思往事
又怎样在岛屿的岸上找你
当我栖息了围困的思想
却不再被平庸羁绊，我分明
是你的黑白棋子，可是，
我清楚地跃过界限与规则

那是相知相爱的三年
多少夜晚是这样的寂静
——孤独让我健康
真的呀，我沿着空旷与深厚
沿着深处的苍茫想着过去的日子
我心里感觉有一股暖流
有如分别时昂贵的钟表和玫瑰
可割伤的手腕还会结痂

2001

我抬着两大块玻璃的时候

我知道一松手，全部都是碎片
也许要让我流血和疼痛难忍
我和一位诗友用旧报纸包扎着
托起漫漫的抬玻璃的过程

压力倾斜，感知像哲学家的沉思
方向转换，小心翼翼有如猎人的窥视
要将两大块玻璃运向目的地
借午间的阳光，反射我的耐力

有我身体五倍大的两块玻璃，重，反光
过了一座小拱桥，降低高度
也低下我们的身子，再一次进与退
我一下子放下了，喘着粗气，它们没有碎裂

2001

我的马兰

我的马兰，我在今夜你低温的包围里
宛若一株枯落的树，它是无名的
但心在靠近——灵魂是纯朴的
用品质论证坚强的爆发力

这样荒漠就有了土壤，我是马兰的
仿佛半是枯干的枝，半是活着的叶
一心想活过来，在她美丽的怀里
我愿意闪烁青春眸子的火焰

我的马兰有生命的绿树，我看见了
那些哈着气的行人从我身边走过
一条条路，在我的马兰，井然纵横
而我数着数，在马兰搜索我的词语

2001

12月12日正午走错的路

在过去的想象里考证寒冷
也许挪动的步伐正是答案
我走错了方向，沿着走过的路
我折回，用双脚丈量冬天的漫长

一路的怨言，正是城市养成的坏习惯
当冻痛的脸庞和心灵说话
我规劝自己，才不至于被小小的步行惊恐
寒冷的凶残是完全可以征服的

即便回头我也是一个走到了终点的人
依然是欣喜的，不再惧怕寒冷
而我同风寒持续地对抗
在我诗歌承受的岁月里不再丢失

2001

在金丝特和一群骆驼邂逅

在通往乌什塔拉的公路上，突然一惊
一群只在我梦中的骆驼和我邂逅
我要用诗歌与它们问候，你们不知道
曾经爱我的女人说她梦见我
让一匹骆驼把她从阿图什娶回了江南

虽然梦从高处跌碎了，梦醒泪潸
但是一群骆驼依然像我的伴郎
把我带入八年前的理想和甜蜜里
那八千里的行程
整个新疆都驮上了我的喜讯

一群骆驼在戈壁上，挨着身子走着
它们的主人紧随其中，我只是觉得
在咫尺和天涯之间，爱情的命运如同
骆驼走过的路，留下的脚印总会
被后来的人踏平，直至毫无踪迹

2001

目光洞穿了一个人的身体

总是眼神犯下了滔天的罪行
总是在课堂上向某一个人注视
总是青春潮动，而你却是睡意朦胧
我看见笔墨破绽的春天下起了雨

总是严守着你的含情脉脉
总是在瞬间给某一个人坏眼神
总是清楚自己的美是可以修饰的
瞧，一个失败者快要熄火了

或者美就是你，或许美在玩着游戏
总是把目光伪装成一个儿童团员
总是让我一眼就看透你的心思
总是让我的心沮丧和颤栗

把美还给自然，把爱给予爱你的人
在小草疯长的季节变成了水分和回忆
总是激越地把你当成了一棵果树，如果可能
我的目光洞穿了一个人的身体

2002

秋天的失落者

阵痛之后，光芒
隐落在命运的刽子手那里
我误入自己的迷宫
却悄然不知也无法走出

此时路已经不见了
是枯叶蝶从晨光里飞离
栖落在一个暗喻的灵魂
默诵一首挽歌吧！

无泪之夜，只渴望巨大的风暴
袭击不能移位的僵硬思绪
闪躲能够逃避苦痛吗？
谛听神谕，可只听见了秋天的虫鸣

此刻任蚊子在手臂上狂欢，血能止渴
向现代化的城市呼救，然而是让你
来不及反应的范式答案
如我斜视自己的呆傻

坠落的肉体与灵魂一起安息
我探究自己的方式，纷乱如
一只将死的飞蛾，扑进永生的火里
最失落的时刻，在秋季的黎明

玩偶般的心境已不堪一击
诗人的信念已化作尘埃
撑起心中的寂寥穹
羽化为翅膀飞吧，飞吧

2002

停顿的词语

九月迎来了爽气的天空
多少想象离别苍白的自己
像候鸟一样飞远
甚至一个词语也不属于思想
陌生的文字袭击了最后的阵地
我需要被占领

掩埋于风尘的低处
我在黎明的秋天醒来
臃肿的身体和稀释的现实
流畅的谈话即是落叶
几乎不知道过程
却要梳理击溃的心灵

隐约看见了的背影
从你的劝止中发现星光闪现
不再让我忘却和迷惘
用一只平静的手抚摸虚无
没有爱情的人也就没有更大的欢乐
他惊醒了已经醒来的早晨

无形的风刮走了阴影
在北园的寂静中行走
漫步，加快速度，疾速，气喘

我的世界划出了疆界
这是一首诗不能逾越的悬崖
一根绳子千奇百怪出入于意义的属性

我的爱是扭曲的爱
我的心是痛的横切面
记忆因此怵然了荒芜
单纯笼盖了我多重的面影
仅仅让词语停顿是不够的
我却缺憾了受伤的逃避

2002

新　疆

诗意弥漫的荒原，大美无言
给我觉醒，给我彻底的变异
一个人出生在新疆是多么幸福呀！
他被上帝恩赐了辽阔、宽厚和勇悍

有一天，那梦想中重现的激情
哦，那是沿着更远的精神
长驱直入，终日以豪情止歇于思索
我和你，能够抵达想象的新疆

是的，新疆，绝对陶醉，英吉沙小刀
除了玉器、马匹和宗教——最真切
构成了寒冷的孤悬，好比痛哭的心灵
混合着大气磅礴的经历

可是一位诗人出入了新疆
他铺排了自己的舞蹈，他踉跄地走
那些异语和异乡上的孤独者
他们的艺术生涯已经被解剖和击痛

而新疆拒绝柔丽的修辞，除非你自己
像沙漠上的骨架，也可以自我欣赏
新疆，雪飘万里，异味吹拂
接纳了生命力，接纳了死亡的消息

2002

卷三　逃　离

三月：纪念海子

雨水书写了忧郁的字
春天悄然患上了流感
这是一首伤心的诗歌
怀念诗人海子

十四年了，我们活着的理由
比你的死更加简单
故乡的油菜花开的时刻
你的魂灵就是太阳

撒开的阳光照着你的骨头
和一块墓碑站立在一起
蓝色的云陪伴着三月
足够痛哭的人和你相遇

2003

宿　松

——为童年而作

这样可以截然不同地说
夕阳照在光脚丫上
宿松。在安徽西南部的县城
一个村庄，芦苇村

面对水和鸟的影子
像剥去壳的鸡蛋，激越的下午
一条大沙河的波浪随风而逝
沙滩上的石子、树枝画圈圈住的是游戏

我和小丫、毛头、二虎以及几头牛的欢乐
乐趣无穷，花样变着魔术，
在河边网住了很多鱼
我们跳跃，再用火烤熟它们
香味溢满整个天空

蜻蜓、蚊子、飞蛾、蝴蝶都在头顶跳舞
牛在吃着青草，偶尔看看它的小主人
它们和睦相处，小丫说："我们这样多好。"
毛头振臂欢呼，二虎木讷，我傻傻地沉默不语

一只木船从我们身边经过
渔人唱着收获的渔歌
他们陶醉的样子很幸福

我们看着他们，我们笑着

二十年过去了，我在远方的城市
我的脑海里浮现这么多的影像
一些人的面孔依稀可见

他们怀念我吗？我们一起在大沙河中洗澡
让干净、光滑的自己和牛回家
惟有小丫在岸边

2003

小　丫

小丫死在一场延误的脑膜炎里
早晨醒来，微风吹着脸色苍白的她
我泪如泉涌，小丫像塑像
她不理睬我的任何呼号
但是时光永远不能抹去我的记忆

小丫躺在一个小小的棺材里
小丫凄冷地离开了我，以及木讷的二虎和毛头
我们无法仿效大人的哀伤
我们在大沙河边修建了城堡
小丫是我们的女王，小丫还在岸边吗？

入土居住的小丫一定在嘲笑我们
三个小男孩惨不忍睹的嚎哭
小丫听见了我们的呼叫
却再也无法跟随我们天真的童年
芦苇村失去小丫，顿时虚空

小丫住在大沙河的土里
小丫知道我们常去看她
这样我们的游戏没有少一个人
在那河水流动的时候，小丫看见没有
我们叠的纸船从芦苇村出发了

2003

诗人黑陶和我说故乡宿松

我写过宿松，写单纯而荒凉的河流
写失落的梦，你说时我很感动

你经过的宿松，在诗人的视野里
变换着片段，冷寂的乡村和街道
原始的手工业和风俗
我责备过，我正如一个工匠

我说语言汇成的诗，宿松
你从长江边上乘着破旧的长途汽车
风景不再荒废，田园正待新绿

2003

故乡在哪里

我会心潮激荡，把这片芦苇摘下来，守护着它
宿松已经成为我文学的地理，她给了我肉体
以及微微颤抖的经历，捉住大沙河里的黄丫鱼
刺痛了稚嫩的皮肤，把血当成英雄的血

词语的空洞，在芦苇村染上了贫寒
我对母亲说，对我的混世界的本领放心
你的不安是柴火，煮一顿饭让你儿狼咽而下

浮泛的躯体扑入了大沙河
而灵魂的洗濯，用光了带来的名牌香皂
都不能找到在童年的那一个自己了
我已经需要故乡来治疗

泥土粘合在我的皮鞋上，我没有一丝察觉
我在老屋里还有双布鞋，母亲保存多少年的爱
包裹着我的心，你儿穿上了，就穿上了故乡

哦，在空无一人的树林，青草的气味包围了我
呼吸着，呼吸着，我进入了故乡

2003

1983年的逝伤

1983年的洪水吓坏了童年
祖母摔断了寒骨
魂灵的影子在传说中蔓延
风俗不能治愈和化解
死亡的谶言

祖母指着墙说墙要倒了
就停止了呼吸
只能划着船去埋葬她
然后家沉在水中
祖母永远把我丢离在世上

我该怎样知道祖母的生活
一块坟地的碑石记着我
作为她孙子的名字
1983年，芦苇村在逝伤里
淹没在水的世上

我，离开芦苇村谋生
残缺的贫瘠
破译着我的阴影啊
不必回家和遥望
祖母在黑暗的虚空中佑我

2003

戏剧性的回忆

1976 年，我戏水般的出生在芦苇村
大沙河泛滥着一场电影人生
这个人物的情节总是遭受转折
他的配角总是提前退场
而高潮时刻总是突然停电

喃喃自语的老人年迈地混淆视听
“这个孩子是一条从河里逃来的黑龙”
“这是千年的修炼啊！”
“这可是芦苇村的福气兮”
我跳着，从屋顶而下——落在了水里

童年岁月的无忧无虑真是龙啊
我划着船在老虎峡里练习潜水
清清地看见水底世界的恐惧
我从此知道了这个世界谁是发言者
而小鱼在我的眼界里消失了

芦苇村的回忆真是一种理论上的追踪
关于我的成长，我的探寻，为什么
那从身边滑行的黑蛇望我而逃
我吹口哨了它回头看着一动不动
我是一个小男孩，黑蛇吐完火焰后不见了

2003

芦苇村二三事

我的脚丫有泥，我走着
我的脚踝有泥，我走着
九月的空荡正在下雨
沙滩与果园依赖大沙河
“快回来吃午饭”的喊声含着泥水

黄毡伞油腻地滑落雨水
我记得的一群友人，那些落日
他们成长时遇上了生活的磁场
吸住了向上的漫无边际
他们的特征就是乡村的特征

我的心灵寻觅什么呀
头戴草帽，牵着蟋蟀的跳跃
整个自己的力——那是小的
我记得刺痛的脚掌和焚毁的草地
那丢离的烙印仍然历历在目

一阵寒颤在身体里斗智斗勇
如今我忘记他们的面貌
以及我们摔跤时扭缠在一起
你咬住我的手臂，你多狠呀
那个牙印与芦苇村一起遗忘了我们

2003

十　岁

在劈开木头的庭院，烧火做饭
浇上煤油点燃，火越烧越旺
太阳在瓦上毒辣呀，十岁的我
当一顿午饭带着胜利的战果展示
是那热情的岁月唯一的劳动

当我采摘着辣椒，剖杀着捕获的鱼
胆子在实习里壮大，告诉我
是那热情的岁月里唯一的纪念
出其不意地煮熟并命名菜的昵称
我与烈日下播种收割的母亲一样坚韧

出离想象的热情岁月，告诉我
煎熬着，汗流浃背，大勇无畏
当火推波澜，当火奇妙地带领我
掌勺般征服大人们的眼界
做出芦苇村人家的最早的午饭

在七月如火的芦苇村，十岁的我
充满着成熟的迹象，告诉我
火生万物，在我误入的睡眠里
火烧眉毛，火烧鱼鲜美，这是我的魔力啊
以及那童真岁月丰盛的宴席

2003

回乡记

扑腾的鱼儿
经受了诱饵
我时刻警醒，我回来了

朴实地站立在河沿
我在数码相机里，异常清晰
我在流动的水里，渴望洗涤

母爱，总是这样比喻

洪水却形成了新的河道
说，说我在城市的灰色
也说我曾游过了河
你不说我，你不再骂我了

我成为一条鱼，我再游，拼搏地游
我游，直到江河，直到遇到网

我此刻很自由，我祈祷
你安然的福祉

2003

程店小学记事

在背诵课文的小男孩
不论天气如何，都要上学去
驮上一袋大米，多少斤？
他总是迟到，罚站在教室门口
他数学考 100 分，语文 100 分
他当上了班长

他聪明地挽回了怯懦的性格
他专制地执行班主任的戒律
他骂了一个缺了一颗牙齿的女同学
他被撤职了，才当了 7 天班长

程店小学，是一个成长的台阶
为了回忆的情节，也会跌落在
一条无名的深水沟里，差一点淹死
他抓住了一根稻草，他全身湿透
他逼近了纯洁无邪的知识

2003

北大楼的三月

阳光。一身舒展的影像悄然移动
沿着枯落的长青藤长出了新绿
北大楼前的几块草地
一个戴着红袖章的工人禁止我的进入

我的表白:“躺在草地上像一个遗漏的梦”
可这是规则:一首诗歌随同
一个红衣少女闯入
出人意料的后果映照了我心里的失落

谁知道原因吗？天空上有些蓝云
我对三月的蓝、野性有了认识
有如思想的两种方法
看,又有七只鸟突然飞来

2003

重庆啊，重庆

带上力气走路啊！我走过
我在重庆解放碑打望

即使阳光死了，我也爱你和雾天
依然在无名火锅店里喝酒
我和重庆诗人谈论的话题
比长江、黄河、珠穆朗玛更有意义

我变换着方法回忆，倾斜着脑袋
如我从前所想，这是自由快感的重庆
也是少年游子的圣地

2003

枕边书

——给 DY

温热孤凉之后的时间，我们
在正午相互询问，我们吃什么呀！
走在爱情与欢乐之间
我们在生活中有了记忆，有了埋伏的词语
窗外的阳光背着我们的位置
我呀，我渴求着，犹如推开自己的痛苦

给你爱，你也给我失眠
给你水，你也给我风暴
凭借我的血液和我的心灵
祈祷着未来，不能抛锚的笔记本
像一次小小的事故损失了三个键
让我变得小心，这是工业时代的怨恨

经过那爱的惶惑，经过开始的努力
寒冷故乡的山谷囚禁了想象力
我喜欢绵延、柔软的枕头
我喜欢忘记、遗失的昨夜的梦
带着早晨醒来的回忆和淹没的真实
你却让我的内心宁静，用语言
证实我的确还活着

2003

片段的圈子

不需要完整的宇宙
不需要中间的力度
我认定的春天
汇聚了众多的形式主义

我理解敌人的每一个时刻
我进入假想的地点
没有捷径来解决和省略
圆圈的论述

片段是理智和情感的间奏曲
浓缩一种音乐性的线条
我没有节拍和绿色
我是现实的胜利者

2003

当我玩捉人游戏的时候

黄昏。走散的伙伴哇哇大哭
大声的呼叫好像葬身河谷一样
这是游戏失败者的悲伤
解救和暮色一同运动

用规则和手势来指挥
用诈现和撤退来攻击
分散着我们童年的荒凉
只有一个山冈沉入夜里

石头、剪子、布和炊烟泛着欢乐
没有胜利过的我正在梦寐
那些逃遁的人带走了时间
最终我却忘记我要捉的人

2003

稻草人

一群鸟在离开田野时好奇地
望着你，你好像无边无际
初冬的轮子和霜寒
问你是否一起回家

稻草人说，我可以
轻松一个漫长的冬季

风很大
吹落了稻草人的帽子和面孔
光溜的躯体仍站立

稻草人有着自己的哲学
时间醒了
白色的雪真的是你最亲的人

2003

从望江到安庆

——给沈天鸿

临近砍伐者的森林与河流
我少年时背着石头和刀斧
去远方，这是你十年前告诫我说的话

相邻于宿松的望江，越过长江的栅栏
一个诗人重复写下西围墙的地址
你的鱼网残余的诗章无须编织
多少漏网的鱼仍是自由的词，也无人捕获

远离喧嚣的你沉默地引导着
清洁的编辑生涯像是言辞片断
我从中逃脱并走远，已经完全长大成人

2003

爱情是逃跑的火焰

一朵玫瑰带着自己的花蕾，去追逐
渐渐遥远的人
有了一种荒漠的表情

或此或彼的迷恋，北方
如同一场火灾中的生活与灰烬
销蚀的动人岁月，稳固地散开

沿着熟悉的画面，如此诱惑的景象
犹如火红的狐狸乍现，在雪原上
秃鹰仍在头顶漫无边涯地滑翔

一个美丽的标志，感知灵魂出窍
爱情是逃跑的火焰，愈渐清晰

2003

忘却的写作之旅

人在孤野喊叫着
以一个词语完成了拯救

飞鸟散落的羽毛被我收藏
寒星亮了也点燃了
进入一个地带失去了方位

更加尖利的叫喊断了
更加恐惧的空荡无法阻挡
是自己神经过敏还是胆怯
与黑夜融为一体的不是人类

照亮是一个动词
也是一个希望

2003

自由抒情

沉入诗中搜寻快感的机会来了
她沐浴后忘记扣上一粒扣子

窥视和心跳的颤动，痉挛了
这拂不去的意淫的时刻

生活总是在矛盾和摇晃着
像负重在缝隙中的小草
被石头挤压，阳光却眯着眼睛

她从我的视野里消失
这娇媚的出水芙蓉
连续在梦里重复梦见了
下一次的自由抒情

2003

伊拉克之诗

和我一起祈祷吧。巴格达的天空
一个人的塑像倒下了

从自由中和儿童的眼神中看到了
他曾经是饥饿的
他哭泣的泪震撼过我们

伊拉克现在不再痛苦了
真相像是玩纸牌的游戏
伊拉克的真主说出的誓言
在民主中走来的战争中输掉了全部

一个人的谎言逃窜了
上帝打垮了独裁者，上帝睁大眼睛看着
扑克牌 A 追着他
一个人死去了，让伊拉克能够重新呼吸

2003

详解2000年

让迷离扑朔的梦境环绕着我
我的芦苇村，你说我是诚实的
慰藉着拉锯般割伤命运的路

秋天飘零四处，你也说
一只吠叫的小狗一无所获地叫
相术师一本正经地说本命年凶恶

也许以往的热情早已毁坏
仅仅剩下诗人在纸上的言语
难道已经陷入了迷途？

这是我第二个年轮的猜想
在表达我曾经历史的注解
是那年不存在的遗忘和苦悲

2003

阿图什

那是诗人派遣使节的遥远城市
情书写出了动荡不羁的爱
疯狂地制造想象的花朵

寒冷围困着失恋者的虚无
伤口在寒冷中流放到新疆
如果温情改变了爱情的主题

遭遇者怀抱昏厥和哭泣
并伸出勇敢的手安慰自己
在远方,我的天地一片幻觉

阿图什始终是火域
熄灭的只是爱的一般性
失重和屈服的往事限制了我

2003

独身生活

一段和谐的弦乐洒满房间
想象的梯子改变了我倾听的姿势

这伟大变奏，确切的优美
汪洋一般难以冲走岁月的污垢

假想的欲望露出了尾巴
当你脱离了性幻想的电影
在天气的变性手术中不禁叹息

感慨你我之间的迷茫
忧郁的情绪冒犯谎言

度日艰辛却说痛苦是欢乐
已经别离的嘲讽降调而平息了
内心的风暴戛然而止

2003

蝴蝶白天出去

啊，那阳光，让翅膀轻轻地散开
被平静的风光吸引了

蝴蝶在一个作曲家的乐谱上抚爱
蝴蝶这一次飞行就是演奏
风和日丽热忱上的演奏

有力的展翅像是翻越峡谷
是否让音符跳跃起来
是否细致地观察这段行程

蝴蝶停留在风的卧室
蝴蝶的激情骤然严肃
我们的听觉被肤浅地唤醒
我们也和蝴蝶一同出去

2003

第一个序幕曲

我疯狂地敲开了剧场的门
那里响起了飘忽的节奏
大提琴家,他的速度逾越了掌声

我身边的少女蕴藏着热情
沿着静止的,突然升调地穿过
我们亲吻落座过的椅子
我们一起牵着如泣如诉散步

第一个序幕曲改变了急躁的心理
伴随着细致和沉重的卸载
他柔婉追踪着
他的乐感也汇合着辽阔

2003

在半坡村酒吧

——给潘维

我们狂饮青岛啤酒
吸着 mild seven，舌头木呆了
你的嘴里挂着一堆类似抒情的口语
你玩析一个女诗人看似淫荡的诗歌

我看到她的脸色压低了灯光和烟雾
她累了吗？她潜向另一张桌子
加入我命名的绿色组织，在那里
我的耳朵窃听了她的愤怒与责备

哦，太不真实了，我的朋友多孤独啊！
这个名词禁锢了虚弱的欲望。把我们
一群人变得轻松转而向另一个女诗人
转达我们希望的色情

互相谦虚的人，真的本性谦逊吗？
你借助酒神的嘴唇，透视着
孤独啊，却淹没了所有的孤独
在貌似高深的我们中间

我们狂饮青岛啤酒
我换了金牌南京吸着，舌头没有知觉了
不慌不忙，在半坡村酒吧
我们言欢后又去马台街继续喝酒

我们最后都露出了真诚的肝脏

2003

西北狼

——给叶舟

这两天吸着玉溪烟写诗
当然还用复杂的汉语
给你写信　去上电影课　晚上做爱

给你说一个笑话
“说兰州城里的人们想炸开那座山”

黄河边上的呼吸酒吧
我们喝酒在酒中吸毒　在掘自己的命
你撩人地看着那个电视台的女编导
贪婪的眼神蕴满草原和黄沙的味道

那天潘维从杭州赶到南京
他日渐孤独，喜欢把这个名词挂在嘴边

他说你是一个笨蛋
他说我是一个聪明人，为什么呢？
我背出你的手机号码
我和潘维去马台街喝酒到凌晨三点
他想给你打电话却没有通

回家的时候兴奋啊
我拿起刀，削断了钥匙，带着火焰
把你的忠告，扔到一边

此时你怎么说也是荒原独舞
你嚎叫，你把声音提高
你的西北是一座城堡，大敦煌从天而降
像狼群的哀嚎……

你总是喝大，你总说一些有重大意义的话
你说有个诗人来自一只船
他迷信了自己的地名，他驱逐了自己

你是西北狼，你在那里觅肉啊
我用口语讴歌了你，你肯定会骂人的
我玩要着，想着优秀的朋友们
诗歌确实是冥冥中的死亡

2003

在时间里隧道里狂热

一件光滑的丝绸被陌生的手触摸
柔韧地激越，上下泅渡

舒展着乳房，带着迷情的泪水
我要安抚你的内心
我小心地敲开伊甸园的门

“缠绕扭动的蛇，它们示范着自由的狂欢，
我犹豫地开启锁住的力。”

“我要夺取一张属于自己的床榻，从哪里，
夺取被时间消弭的快感？”

这一刻，我正融入知觉的巅峰
在空无之间，一个真实的问题
它释放了绝无仅有的爱

2003

一个过程的小细节

请把这把尖刀放回盒子里
已经生锈了，它追随你的欲望
它是一件纪念的物品
而你就是它尚未剖腹而生的婴儿

已经习以为常，一群悒郁的病毒
你擦干的刀刃，另一面切伤了手指
在你的血流滴滴的那会儿
你如此镇静地包扎有点职业化

请把你的镜子彻底裸体地照出自己
用白皙的肤色平息性感的挑逗
你熟练地削一片柠檬的时候
却解说这是必要的生活

让我摸一摸你的刀，可是你
收起来了，而一个身体的智慧
是将我构成了你无所畏忌的昵称
你贸然的偷袭，堵住了我呼吸

2003

爱莫能助

——给牙痛中的女友

几乎痛了一夜
任何药物都起不了作用
“牙痛不是病。”我说
“又不是你痛，你痛你就知道了”
一种对话客观地说明了真相

现在向你表示一些安慰和许诺
却感到自己的无能为力
欢快的乐曲燃起的声音
想的办法都被你的牙齿拒绝了
忍耐崩溃了你的呼叫

你的牙齿里有一大堆蛀虫
你的牙齿没有防御侵袭
我想起自己拔掉的两颗牙齿
在瞬间生死中痛得没有声息
看看拔出的牙齿被漆黑滋养透了

现在，亡羊补牢不晚，我以身说法
“像幻觉一样减弱了痛的速度，怎么样？”
在你的牙痛的这个过程，像一个方程式
答案早已确定，只是自我的方法
像我爱莫能助和说的那些想法

2003

马兰的一些符号记忆

马兰，我有些想念你
我反对用超出理解的词语
来欣赏你的孤寂之美
时间开始返春
而我在你的肌体里冻醒了

马兰，你有足够的强大
你的实验室和地下
都是人类的防御体系
你却肩扛着国家的责任
你在我的诗歌中是某个故乡

想啊，想走在马兰的身体里
想一座城池，一个军方基地
几代人完成的历史
是我 2001 年冬天的避难所
也许我真的在那里留下了命运

马兰是罗布泊的头颅
马兰也是它忠诚的朋友
看从那里带来的沙漠地图
以怀旧者身份，在马兰奔跑，呐喊
“我的腿中铅了，马兰在一个梦里散失了？”

2003

南大边上的烧饼店

一座炉子，一间八个平方米的店面
烧饼店在我们的视野里
我和诗人涂十一郎在吃酸菜鱼
发现夜色下的四口人吃饭的情景
他们来自哪里？他们四口人都睡在那里吗？

烧饼店生意稀疏，黄昏
烧饼店主坐在炉前悠闲地吸着香烟
偶尔打望着非典时代走过的人群
放学的孩子绕着他的膝高兴地玩耍
烧饼店的女人正在忙碌着晚饭

我们在江西小馆里，风吹着烧饼店
窗外是雨，两个孩子
在小小的桌子上写作业，小女孩
疑问托起腮，疑问并没有驱散
烧饼店主熟练地出售一元钱三个烧饼

烧饼店一家人的生活取代了我们喝酒的乐趣
他们晚上居住在小小的空间里
比如温暖、幸福、满足的性爱
我现在就这样想：“我和烧饼店主是一样的生活，
我只是用词语写诗，我们都是小人物。”

2003

逃离者的变奏

网络咖啡馆，她有贞洁的微笑吗？
那时谎言在你的左耳里
苦涩地、刻骨地混合了

“你啊，你即使失忆，也会复苏
也能再让自己放纵一次。”
那时，你全然不觉，你有一堆火焰

你有泪水瞬间流逝吗？
爱的证词像是组合家具
拆开的、撕裂的，一一出现了

天涯处处有悲凉，你必定遗忘
那枚小拇指上的尾戒
在黑暗里锃亮了

时间有时会劣性地苍茫
你经历过急促的呼吸吗？
本来都是尘埃一样的退避
现在只以相聚的名义逃离

2003

逃离者的死亡前奏

哦，要是你死在一场事故里
我也要一同体验一次死亡
我们形影不离地感悟
我们恋恋尘世就不再苦悲

我们头颅上的天穹，思想的金矿
购买大地作为墓地
墓志铭写着“我们尚未死亡”
我们不能不想这件事情

我们向大家倾诉一个细节
我们熟知痛苦败坏的定义
挣扎在生活中，只有一支笔可以使唤
不得已抒发煎熬中的一点感慨

2003

逃离者现实的演奏

逃离伪后现代的限制
逃离土地和伪受苦的记忆
逃离必须回去的床第
逃离,逃离后再也无需逃离

逃离你肉色乳罩露出的吸引
逃离实质的窥视
逃离细致而冲动的血液
逃离吮吸的乳汁和撕裂的猴急

逃离顾忌重重的抒写方式
逃离避孕套工业化的油腻
逃离灰暗天空的山谷
逃离这些隐晦的名词

逃离这并非色情而存在的意象
虽然混沌的知觉迷糊
但是如何控制节制却是一个谜
逃离的喘息最终一览无余

2003

逃离者的芦苇村

一个躯体躺在草地上，这里有一片天空
也有蚊子、蚂蟥、水蛇和传说中的水猴，以及
河流、鱼群、树林、泥潭、乌龟的洞穴和死亡的谣曲

水作为不能坠落的星辰，一个亲人溺水身亡
阳光明晰，它难道没有悲悯吗？
悲剧接二连三，这的确是一种遗传病
因为没有人掌握了高超的障眼法

芦苇村的伤心跌落了，那悲剧性没有任何代价
那么，信服道家法术的欺骗
上演在死者埋葬之前却是一场隆重的滑稽戏

感到悲痛的是人？即使是一个思想者
他的痛惜大于不曾羞耻的麻木
死者死了，而出殡，纸钱纷飞，乌云暗笑
素白的节哀，一路长队，乡俗深处的虚假狂欢

唢呐停，鼓乐起，八个人抬着灵柩走上了山冈
芦苇村等着大开筵席、张望、焦急、询问
唉，终于入土了

2003

写写父亲

父亲烂熟于胸的观念总是运用自如
父亲的远见的来源是哪里？
我七岁，才上小学一年级
怎能明白他说的韩信受胯下之辱的大道理

“不要一辈子呆在芦苇村，要走出去。”
父亲洞察了我的心智，他指挥我
仍然避免不了我应验中的失败
父亲把这一切称为天意

“不要信天，信自己，自己拖自己上岸”
芦苇村的洪水泛滥让人感到苍凉
父亲却依然种植着，他会发现
一株野草在生长中的药物性

父亲对我讲解着，我用旁征博引来形容他
我的兴趣好似空打的阵阵雷声
雷雨只是演示了点滴的降临
我的想象力已经震得开窍了

父亲在老，皱纹的沟壑星罗棋布
逃离芦苇村了，父亲还在不停地督察我
他步入晚年，他更能看清一件事情的轮廓
我回家醉酒后混乱言语

父亲再次教诲，要我回到学步前的起点

2003

时间的QQ记录

你说整理下午的聊天记录是一首诗
我们说的是时间是什么？
在目中无人和有你无人的两种状态
这是乖乖话的前提，你置身于时间之中

时间是什么？我们绞尽脑汁说
时间是爱，时间是箭矢
时间是空白，时间是特务
时间是强盗，时间更是盗马贼
时间也是美的飘纱坊

时间是什么？我们在追问中说出
时间是情人，时间是性欲
时间是倒霉蛋，时间是幸运儿
时间是废物，时间是金钱
抛弃的时间从指缝间滑走了

时间的嘴唇轻轻说“追逐时间”
你是时间的奴仆
你是时间的弃妇
你笨重地走在时间前面
你理想地超越时间的元素

诗歌吞噬了陪伴我们的时间

现在，你说是时间很无聊
我们也很无聊，这才是正题

2003

1996：失重

列车吹灭了隧道的灯火，慌乱的空气汇合了
廉价食品、盗版书刊和奄奄一息的瞌睡
在路上，听车轮的撞击，喝了一些凉水以后
正襟危坐，一个臆想勾燃了肉体的火

在醒来的瞬间，找不到一个落脚的地方
在增长的时代，谁虚脱成一个流浪汉
我发热地控诉，谁来扑救虚晃又真实的火
它弃绝了好高骛远，窥视着移植再生之术

在停靠的一个站台，有人念叨蚀本的生意经
它们日复一日地追随我们的流逝的道路
赶紧泊上夜色逃遁，这么快和急，鸣笛三次了
我买不起票，惶惶不安的查票，却不知在哪一刻

2003

1998：挣扎

操场。“半面向左转，向右转。”一张刚毅的脸
由于替代两个夜哨，倦意弥漫着身体
立定的脚步不会同口令让步
逝去的场景浮现眼前，不再苦涩

新闻和岗哨，青春的一处结痂的伤痕
纯洁的思维方式决定了痛苦
被复杂的环境捆绑的日夜
在貌似平静的天地里出离愤怒

在那一年，解除一切的隔膜和无助
以及蓝色的警告，红色的奖励
走到高处等于降低了管制者的身份
无疑命运恍若找到飞的翅膀和甜蜜

2003

1999：孤岛

沦陷的水慢慢涌压过来，害怕吗？
我只是诗歌的学徒，躲进了孤岛
让众多的大师传授技艺　传授
没有船，没有桥怎样让自己离开

我慢慢习惯孤岛的生活
每一日都有习作问世
洞悉其他一切人的动作
当失望频频来临，总有词语是欢乐的

孤岛遥远地渗透进我弱小的心
暮色迷茫，大师总在安睡着
一只橡皮筏子漂过来了
我偷偷地爬上去，乘着风帆和危险离开了

2003

2000：沙漠

谁是失败者？向谁倾诉
骆驼引领着整个生命，水也是生命
我渴，水屹然不动，只是挥发
失落穿过风尘暴向我压来

虽然我已长大，却还是天真
走在沙漠，却只能依赖一个好天气
骆驼的毅力从未泄落过
走出沙漠无法预知，仍然走

谁是拯救者？向谁呼喊？
现在仍然活着，当海市蜃楼出现
通过一种意志的坚定，在焦渴中
一个乌托邦像是滴水不露的沙漠

2003

2001:逃离

我向哨兵望去,看见了肃静
笼罩着心灵的自由,身份的特征
不是逼迫的,而是自然承受和服从
而经过哨卡出门需要被盘问

谁是纪律的异教徒,它们破碎的思想
写作诗歌,靠这么一点小伎俩
才能穿过一扇门,才使名誉
得到一点局限的肯定

当街道或广场属于自己的脚步时
那么怀疑时间已经超过了约定的数字
逃离只是借助于这个象征
我则是纯粹地翻越了肉体的禁令

2003

2002：变异

从罗布泊出发，经历了粗犷的说教
在乌鲁木齐已经酩酊大醉
谁和你碰杯，谁在窘困中坦荡
甚至游荡的灵魂都是盗墓贼

说谁是先知？谁会改变荒凉？
孤绝沿着目光走远
另一个人的兰州在黄河清清的水里
在大地上只能步行，步行

一列往南的列车：激烈和安慰
记住疼痛的路程，我说
也记住不能由回想来容纳的记忆
到达粉色的南京，一切却已变异

2003

2003：猫，非死即生

一只猫在一个理想实验里
它置于一个密封的盒子中
一杆枪瞄准着猫

如果开枪，猫会死吗？
当我打开盒子，猫，非死即生

猫疏忽了自己的状态，无法判定
一半活着一半已经死了

猫，这是一个思想的死结
从中跨过假定的命运
存活的猫消失在两种可能的历史里

2003

致诗人沈苇

雨水不会成为宗教，让美的箭镞射偏江南
新疆不会长出稻草，十只麻雀在你那里安睡
要不停地撒落碎屑喂饱它们，你还微笑着

乌鲁木齐的屋宇。热闹的交易市场
一位诗人熟识的店铺，行人都在烤火
诗歌在低处，在黑烟中纯洁无邪

你每日宽解岁月，岁月的消逝
诗歌在归来，归来的却是一粒大米
填充了你昨日梦见的一场乡村饥饿

2003

在雪地上

从来没有如此幸福，骨头里丝丝的暖意在飘落
哪一朵是缪斯的眼泪，左边的？头顶的？满身雪花
重复覆盖着这春天的火焰，两种形式

一路走过，太多的脚印渐渐模糊，心灵捕手
逃跑的冷是白色的，掠过了冻僵的塑像
从一簇火燃烧的空地上接近了猎物

更强烈的光芒射穿了悲苦，通行无阻地舞动
唉，一阵寒风瘦骨伶仃，不敢再做好事之徒
惊讶，探问，攀越了一堵墙
不曾滚动过的雪橇，竟在白马的带领下奔袭远方

2003

紧　张

这不是我的词，它来到舌尖和嘴唇中间
乐意用一个寓言来缓解，计算着浪费的数字
而回答发问的人，他再次撒谎，编造新的谜底

放松，放松，穿过年复一年的自然虚假
想说真实，想终结绷紧的神经
颤栗、僵硬、生活增添了一层多余的脂肪

一如既往地吹嘘，依附经验、童话、诡计多端
暴风雪在路上，冒险的躲避必然成功
而心中的一个词插入了胆怯者的队伍

2003

在梦中醒来

我在梦中逃亡，梦中惊险，有无数的幻觉紧紧追逼
突然吓醒来，开灯，摸摸，看看自己真的睡在床上
我那一刻失忆，梦中的场景倒塌在黎明的日光里

我重又入梦，为了驱除梦的惊扰
我手里有一把匕首，在等待着入侵的敌人
截然不同的梦境却迷惑了一切知觉

2003

马兰谣

这个春天狂怒的时候，唱着马兰谣去解脱
我在痛苦的背后，诡秘地回了马兰的身边

赞美诗始终是不变的曲调，带着肺叶的清洁
升华在不可屈服的荒芜里，声音异常清晰
把鸟鸣刺耳的触须伸进地下掩体

我碰见一个唱马兰谣的少女，她穿过了空气和道路
包含了太多的损失，惨痛吗？我知道自己练习多年
肯定不会再次吟唱，只能被时间埋葬，重复埋葬

2003

听　　雨

雨水驱使黑色的逃离
雨水确诊天空的病症

三个青年文字工听雨
半坡村稀落的空地

畅快吐言，停滞，冲击
雨水倾泻，阴郁敞开

切开一个柠檬
锋利的刀掉在了雨水中

雨水打落了心的沉积
在离开和感叹之间转身

2003

抽烟的瞬间想起波佩

做一个南山的梦，而今
不会走错房间了，也不说笑
今天抽的香烟档次下降是“恭贺新禧”
也给你一支闻闻味道

夜色阑静，灯光奚落欢乐
谈一些大的，也谈一些小的
下酒菜在等我们
言词装进了方便袋子

桂花酒醇烈——毕竟没有实在的对手
逐渐畅饮、杯影交错、探摸着彼此
波佩浓厚的酒力在那一刻没有辨识
握握手，抽支烟，就像一年后的这首诗

2003

失眠记

我跌入了黑夜梦的深渊
抽烟，吞吐的烟雾像是救生圈
窗外的鸟鸣源源不停，你听
施工的工地上，那里在轰隆

他们却睡熟了，躲过了劳动
深入现实的矿井，你保险了吗？
理想在反弹，我在磨刀霍霍
卸下锋利的词语，我在努力想睡

一个魔法师，拒我学艺
一座高楼里，一个失眠者
一波三折入梦，梦见了惨痛
残酷的闹钟又惊醒了白日梦

2003

卖书记

我正在出售自己遗弃的风格
像一根美丽的香肠有着隐喻
读书生涯与午后的阳光逆向而行
谁在主宰知识，一个“废铁时代”
理想，清醒的不代表表面的价格
我卖掉了一把好刀，一本诗集
看来我的确长进了，有了一次菲薄的收入
除了去喝酒，我不会去干其他的
当一个妖娆的女同学站在我的书摊前
和我亲密地做着鬼脸，而我孤傲
藏着一身的匪气和性幻想
却不能唾手可得，那免费送你一本书

我有一点点心痛，知识太宽
书籍太多，我安排它们的归宿
询问者是我唯一的信徒
对你，购买者啊，你供奉了我
我吃盒饭充饥，蹲立在水泥地上
我是个诗人，也是惟利是图的小商人
我安然地说出高价，我决不拉你回头
当你走回，我为自己的伎俩无比欣慰

知识必将证明，这是一个单纯的错误
像在一个多棱镜上出现的错误

你真实地看到生命的多种状态
我却淘汰了现实主义状态
放弃内心，我给自己留下一个备忘录
我去教育超市买了一根香肠
红红热热，味道鲜美，直流口水
我贪心地吃着香肠也看着过往的人群
我安排自己的计划，赶快把书卖完

夏天即将结束，一个穷教授来到我的书摊
他研究诗歌，也来这里淘金，他在看
我迅速赠他两本画册，卖给他一本《逃跑的火焰》
我心狠地收了十元，其实也不是很贵
而我手中的香肠一直握着，风和尘土吹着
而我已经解决了温饱和忧郁
教授并不知道香肠意味着什么，我没有咬它
他和我聊天，谈到一些诗歌的问题
我写下卖书的诗，就像一次旅行的记录
我惊讶诗人，这个自由的职业
写下的一行行风景，多么无拘无束

2003

巫山云雨

——为导演章明而作

以电影主人公麦强的口吻说

我是一个信号工，也是一条鱼
鱼选择了一种死，我却没有爱
我学习画画，我听见电话铃声
你，马兵，远方来的朋友
像接踵而来的连续的电话铃声
大三峡的红箭头，还有一种涛声
在一次新闻联播里睡着了，饭菜凉了

梦见一个人，我说
也看见了雪花般的电视节目
不要惊讶这种生活，它每天如此
信号台的风景，我关闭了电视机
我在看着什么呢？我不知道看着什么
我是一个老实人，空白的日子，喝酒
你，马兵，你狡猾和珍视友情
你这逃之夭夭的家伙——
今天想给我带来一次欢乐的埋伏

我怕蛇，我在夜色中把信号灯亮起
上水，下水。这是两个灯的符号
除非我游过了长江，在仙客来旅馆
一次欲望之后的爱情，我找到了爱

而如今和陈青在一起，这就是生活
我招认这一次的经历，我不撒谎

你，派出所一个叫吴刚的警察
你在婚期中忙碌我们的故事
你给我理发，你命令我打扫房间
忠于法律的意义和低价买了电冰箱
我诚实地说出真相，我是一个善良的人
我坠入了生活，面对长江
是什么让我得到了新的爱
是淹没的三峡，也是暴雨的冲刷
泪如雨水，我站立在结局的门口疼痛

2003

一个人永远不要绝望

——献给史蒂芬·霍金

看过简略自传，春天也会感动
关于生命我又能高明地说些什么？它漫长中脱落了光泽
史蒂芬·霍金，在遭遇运动神经细胞的病中成年
幸运你没有倒下，或者说通常情形不适用于你
放弃希望吗？你会顺从缓慢地扩散，移走
内心的灯盏，深情奔走在流畅的道路上
我的任何比喻和引用，不足以穿透你的宇宙学
“惟一的好处是事业如日中天，成功也急速地赶来，
嘲讽了上帝，用这个想法鼓舞了病中的自己。”

你记得，童年中制作的模型飞机和轮船吗？
肯定有过开动过的激动时刻
而你想进入一个庞大游戏的愿望，每一个参与者都像是
一个带有家谱的皇朝的失落里
转移了自足，留给了未来的博士论文
你在强迫中学会了《圣经》，学过《创世记》、《出埃及记》
和老师的争辩却总是徒劳的，然后，在圣阿尔班斯学校上学，
一些快乐的时光，从来没有名列过前一半
作业不整洁，书写更是无可救药，绰号“爱因斯坦”，似乎是征兆
记得，十二岁，两位好朋友打赌，赌注是一袋糖果
说你永远不能成才，到了今天这桩赌注可以尘埃落定吧！
如果是这样，谁取胜了呢？

我幻觉中有第三只眼，难道可以偷窥命运吗？

大于命运的魅力，无不怀着一种敬意
二十一岁，在医院检查，抽取肌肉样品
电极插入身体，放射性不透明的流体注入脊柱
X 光观察，苦不堪言，非典型的折磨，处方药是
一些维他命，不过是假定的安慰品
病情的真相，知道了也不必寻根究底
但是，你渴求活的欲念，使恶化的速率不知所措
你被上帝抛弃了吗？（几乎觉得自己倒霉透顶）
亲近瓦格纳的旋律，寄托失望。成名后需更正的
报刊上似是而非像是真的酗酒传闻

穿过复杂的生活，穿过等待后的制约
没有突如其来的所谓名利，像是电影对白
“手术成功了，但病人已经死了”
很明显你需要一个工作
更需要一个博士学位，你喜欢上了研究，你说
“科学家和妓女都为他们喜爱的职业而得到报酬。”
你跋涉在这个空间里面，和宇宙学切磋见解
你减弱的病，无限密度的耐心，在这牛津和剑桥
完成了基础，也在这里证明了自己的“奇性技巧，
适用于黑洞，并且发现黑洞不是完全黑的！”
这的确是毕生最惊人的发现。而岁月的困扰
教给我们如何理性地赞美创造者，发现者

“……我向上帝祈祷，祈祷不再遗弃灵感
向着我打开泉涌般的抒写”
梦是不存在的事物吗？梦在即将放弃的时刻出现
生命的困顿，出院不久的梦里
“是一场自己被处死的梦”，悖论之梦吗？
是上帝赦免了你还是上帝的失误

一个人在残疾中的意义，像是一颗星辰
而另一次重复的梦，“牺牲自己的生命拯救他人”
梦却是永恒、善、无言的拯救
但是，你没死。虽然阴云仍然笼罩
生活安慰了你，享受它，继续前行

或者说这是苦难的命运，你总是试图轻描淡写
我燃烧感情，变成冷静的思，如此写作
你却在声音里留下勇敢的标记，你 1985 年的肺炎
穿气管手术，失去语言能力，需要全天候护理
只能用语言合成器来表达思想，它依然抑扬顿挫
这不是机器在讲话，是你进入了思想的本源
唯一的是你的美国口音，大家已经熟悉了
就不能更换成自己的英国口音，否则会成另外一个人了
我说，诗歌已经遇到了你，我们坐下和站立在
时间滑翔板上短道下滑，而宇宙的形状，虚空的顶点
铺展，延续，直通时间的炼狱，你在残疾中的所有这些
告诉我们一个真理：“一个人永远不要绝望”

2003

卷四　月潭村纪事

无题:2004

我的春天,在风吹开的
一叶绿色的枝条
这日子——难道纯净得不能
让我享受痛苦

我的春天,在雨淋湿的
一身破旧的衣衫
这境况——难道想不能赤脚
走过冰冷的河床

这些没有想象的漂浮物
在时光里搜索表达的欢乐?

我的春天,我组成的句子
不是实际的答案
也什么都不是

2004

在农村

泥和农人
看着瘦弱的黄牛

目光浑浊而坚毅地前行
当盘算的收成有着利润
天上的骄阳正磨刀霍霍

一个孩童的劳作渐渐遗失了成长
追叙的日子正在变重

2004

什么是克制的

冷寂中勾勒出的地图，是细密的
不再盲目的方向
我们在迷失中度日如梦
他们控制了沙漠，封锁了绿洲
天空是蓝和干涸的

而我们的队伍
在海市蜃楼和风沙走石里
梦幻即景，即使赠与我魔杖
而我们依然风吹日晒，死亡在所难免

暮色，漫无边际地遮蔽了
夜是幽闭的，在裸露的木乃伊中闪光
透露了往昔灵魂和生命信息
我们在语言的饥渴里开始了跋涉

2004

干脆利落

我理解城市拥堵的黄昏，理解急切回家的母亲
我一个人寂寞的下午茶，心情愉快吗？

这些自由的词语，笨拙地牵引我
上帝是孤单的，我们曾经聊过天
而眼前都是模糊的，眼前是无坐标的

生活就是一个小误会，你知道吗？
我想干脆利落，在思索着寻找答案

2004

11 月 17 日：日记

冬日孤寂的阳光里
寒冷的偎依就是一个梦
众多的寓言落在风口
一枚书签可怕地遗失了

我们互相揣摩那些真理
我们天籁般遇到了知识
其实是弥天大谎
而我们羞于谈到人生抱负

一阵狂风吹打着
像路边乞丐的手
摸到发凉的硬币，叮当
落在街边多么响亮
而那施舍的青年诗人
在不安中，感到了一丝凄凉

2004

水的悼词

在你的灵魂休憩的山坡上
芦苇村，悲凄的水
在这个混浊的季节掀起了波涛
词语的队伍聚齐了前来悼念

在汪洋一片的村庄
父亲怀抱弱小的我走上了陆地
那是童年的遭遇，如今
父亲，躺在太阳下望着我
父亲，你不再为水而忧心了

什么是安居乐业？既然
一生都是苦，放大多少倍的纪念
在水边，遥望你的墓地
奏乐队破碎的哀悼
在击打我的心，在这个时刻怅然若失

会有欢乐的未来，仿佛我们都活着
但是，整个一生，都在水边的村庄
在一次次重建的家园里
我像一个失神的人跌进冰冷的水里

父亲，你的上空还有晾干衣服的骄阳吗？
我只听见水流淌的声音

2004

芦苇村

在芦苇村
贫穷　迁徙的一个家族
死亡的谶语　水围绕的生活

一个少年，在自由的世界里
抒情，流浪，超越了勇气的命运

父亲　你是太阳
我的词语欠下了你的债务
我的钢笔，书写的
在一个早晨就埋入了黄土

一个少年，离开了哭泣
突然间，倾盆大雨
淋透了　淋透了

2004

一个夜晚

父亲是太阳
这个自然的比喻也没了
带着遗憾的眼神
一千个经幡摇动的早晨

呼唤月亮，让我的女儿来送灵
呼唤银河，让我的儿子来送灵

一个靠词语生涯的人把痛苦支走
我在棺木的边上睡熟
在黑暗和迷糊之间的梦
醒来吧　我的梦压迫了一颗心

父亲，你现在无视人间的苦难了
我仍然在生命的土地上
有一饮而尽的空空的酒杯
和一个空空如也的夜晚

一个夜晚
是我最后和你在一起的一天

2004

梦

——悼念父亲

你走动在我的梦里　和善而沉默寡言
在山脉的入口

你的灵魂还在吗？消逝的爱和劳累　这一生的悲苦
在一段难以驱散的记忆中出没　你清楚这个世界
给了你什么，留下了什么

你艰难吗？不言而喻的岁月已经埋葬了
在你的欢乐里，我真的值得你引以为豪吗？
在一口气上不来的时刻，你往何处安身？

你握住我的手，让我承担一切家业
你那瘦弱只剩下骨头的手已经冰凉了
我松开了，我的泪水去哪了？

面对你的容颜，沿着生死的界面
“人生如梦——生命刹那间就没了”
窒闷的喘息真把你的呼吸熄灭

你走动在我的梦里
忠实而爱意绵绵　在我找不到的地方

2005

靛　厂

踉跄的春夜，在靛厂新村的平民区
灯火穿过欲望的迷醉，叫春的猫
延宕的脚步，谁丧失了表达
生活无需道理地评判着浓妆艳抹的少女

已经塌陷的街道，冒着变质热气的蹄膀
尘埃弥漫的食欲，说出的
“前所未有的北京，闻所未闻的地方”
我沉重地跺脚，还有许多类似的触及
电器修理店悬挂着市场的新规律

“高价回收”的广告牌与“云影留香”娱乐中心
构成市场经济和享乐主义的一次鲜明对比
浪漫主义的色彩，游弋在拆迁状态的混乱里
这里是生活的夜，满目的空荡
廉价的甘蔗，在丁字路口躺着干燥的皮肤

心绪难平的行走，三两行人在嚎叫
亲历者加入喝冰镇的燕京啤酒，行拳作乐
我们的心正缓缓地疲倦，在新兴的城乡结合部
借助我们谦卑的倒影，在远离乡土的日子里
索然无味地走失在这个村落里

此刻，只有回家，走在路上

我们知道近距离的那幢高楼的窗户
没有灯火，也找不到熟悉的方向

2005

卵

——韩七五教授命题诗

你是一部行动的播种机
狂恋着繁衍与生殖
而虔诚的欢乐仪式
让艺术的布道者
命题古老和歧义的新曲

我惊魂未定地担心你的姿式
你裸陈的是自然
和风轻拂,绿叶在承受压力
你是敬畏神灵的人文主义者
你的种群真是好榜样

你是卵,你卵育了大地的情人
我追随着你,愿你宠幸我
你是卵,你怀孕了全部的美和善良
我守护着你,愿你毫无虚假地降生
投身莫测人世　明辨是非　长大成人

你是一部行动的播种机
狂恋着繁衍与生殖
你,勇敢地冲破重重的樊篱
无可改悔地为新生大胆行进
生命之旅会是如此的甜蜜

2005

我的善良是这样丧失的

我被梦半夜惊醒的时候
一只流浪猫在哀鸣
流浪猫蜷缩着发颤的身体
孩子般求助的眼神飞掠我心
一宿风雪包围了所有的道路
这世界,真是无处藏身

我想,我要给流浪猫温暖吗?
犹豫不决的是生活
而担忧未来,失去了最后的一点勇气
我逼退了此刻真心的决定
我就这样进入了梦乡
而梦里这只猫在呻吟　低泣

我的慈悲止步了
退缩比什么都快
悲伤在一个个词语中结冰
灵魂的温度正在渐渐降低带着我对自己的审问
只看这诗的描述,善良已逐步丧失

2005

你我之间

——给聂造

你我之间，像醒来的阳光
无论怎样被思想困扰
而年轮哲学，堪比丝绸的光泽
你说，这么多的理想深情地追赶你
它们从未改变过自己的信仰

你我之间，有一种生长的信念
一个人都要倾吐血一样的真理
而痛苦掩盖了现实的虚火
你说，带着自己的种子来到这个世界
这播种的言说，如反复洒落的泪水

你我之间，有一些绵延不尽的荒凉
当我们的肉体因躲避触摸而变得迟慢
这些都是扭曲遮蔽的光辉
你说过，令人窒息的不是生活……

2005

月潭村纪事（一）

——给哥哥

早晨是赤裸的
冬天
雾浓郁的热情散失了

猎狗在乱吠
听你说，爬在半山腰
没有高度，心境空空如也

彩色的鸟在笼中鸣叫
听你说，角斗士般的野蛮经历
恰如是村民的耕种，收割

从月潭村那里
你获得了目光，而阳光的照射
你更获得了光明磊落的一个角度

2005

月潭村纪事(二)

——给哥哥

借我一弯月,给我一潭水
与你在朗诵的激扬中遥相呼应
一个硬汉子,在命运中尖端地爆裂
你倾泄嚎啕沉入这幽静的村庄

笑江亭春寒的率水十日动　冬眠的鱼儿发狂
与你在朗诵的悲凄中亲吻唇齿
一个真诗人,在命运中布下了罗网
你倾吐豪醉潜入这冰彻的村庄

新安源的水复活了,日月悍然正气
与你在写作的匍匐中蔚然相依
一个霹雳驰骋在沉潭的乡野深处
你沉沦勃发震撼这苍茫的村庄

借我一湾水,给我一潭月
与你永不妥协的良心一起突围
我们永不退却,在月潭村独步
时刻准备和无处可寻的虚假搏斗

2005

月潭村纪事(二)

——给哥哥

在夜深中的月潭村
你剩下了一颗含泪的心
以祝福滋养亲人们的欢乐
这不眠的礼仪,反抗着时光的吞噬

你谈到了诚信和仁爱,谈到了勤劳
谈到了母亲淳朴的笑容
谈到了心中的曙光明天要升起
可沉重阻拦了你信然的步伐

在饮酒诵诗的月潭村
听废墟上的风声,听风俗人物的讲述
你谈到了一张白纸上的任凭书写
可母亲的心依然是你的一面明镜

在饮酒作诗的月潭村
残缺的蛊惑几度回首,往事坦然
你只剩下一张诚实的脸
漂流在早晨的新安江上

2005

月潭村纪事(四)

——给哥哥

积雪在山阴午睡
读一本新安月潭朱氏族谱
打开一篇墓志铭
功名的尘土,策马而过

霏霏细雨在飘落
一个家族几百年的生与死
被修辞的品行无限华美
功名的修炼,策足探梅

几只飞鸟在忧伤
浪漫主义盛行的月潭村
被一部耐人寻味的家训引导
功名的消弥,古往今来一个梦

田野尚有泥泞
你走出又走入,出离忧心的逆旅
这传奇者的虚无,在月潭村
族谱的记述栖身着孤寂

2005

月潭村纪事（五）

——给哥哥

为了送别友人，早起
雾也翻山越岭，留下一片迷濛
新安源的率水顷刻喘急
浮沉若现的鱼儿和我们打个照面

你沿着山路攀登雾一路同行
昨夜在壁炉边的谈话已飞遁而去
裹挟了生活逼迫就范的彻悟
犹如戏仿　回忆也是徒劳

你凭借着钟表匠的手艺
昨夜你挽留了一个准确的时间
你凭借着木匠的一个光滑的平面
昨夜你拥有一颗平稳的心灵

你习惯在月潭村散步，这寂灭的勇气
浪迹大泽河川，谁来指点迷津
阐释一场人物秀，而鸡犬不得安宁
抗拒的天性从这里勃然大怒

2005

月潭村纪事（六）

——给哥哥

走在飘雪的河边，心情依然是明朗的
从两只小羊身边经过，它们亲昵
走过流水的岸，渡船依然来来往往

走了一年，又看见了清澈
卸下疲倦，在月潭村走着
这个时刻，心灵多么平静

是来自哥哥的词语，在水中游动
是鱼的自由，这时雪在消融
雪花也挪动了我们的灵魂

冬日的新安江和我站在一起
雾气弥漫的山峰就在眼前
走了一年，这诉说是离开和泪潸

2006

丽江散记

1

高原，阳光和盲目的安静
蓝水仙境，人间天上
万分兴奋之于一切
深潜，对生命放逐的思考
对孤独度日的思考
依赖于修饰和无常
回归传统的生活
惟有死亡，不是睡熟
不被噩梦惊扰
各异的生活世界鱼贯而入
气息炯诡，无从防御
此刻阳光充足正要爆裂
蓦然走来的善恶，如同梦境

2

我闯入光中，黑是终端
美好的爱情，庸俗而混杂，断裂
世间挣扎的恐惧，人伦以及软弱症
躯体是忧郁的空间
阴霾和冰雹随时痛袭
呆滞如患者，淹没，沉降

有一面硕大的天然镜子
人类灼烈的阳光照耀
脸颊是滚烫的，惟有辨识邪恶
才知道放浪形骸的理想
是如何丧失的！

3

雪山不远，颤动的夜
完全孤独的人
静得如此卑怯
幻像是缺憾的，暗影浮动
生命对于我们
犹如如何延续彼此的意义
有时夜给了我道路
却没给我们照亮黑暗的光
白云不远，穿越今夜只等你的眺望
而空落落的灵魂卫队
出现在幻觉里
牵着致命的倦怠
怎抗拒这飘荡来的迷惑？

4

泅渡冬季，起心动念
一阵风轻抚我的脸颊
玉龙雪山上氤氲炫目
我观察着白云飘荡
穿过蓝色的瞭望
直抵美和自由

长期效劳名利场
选择浪漫主义
放弃魔鬼般的欲望
复活内心,高原上空气稀薄
不会剥夺爱的呼吸
犹如邂逅,深藏,虽然沉沦无法化解
失去的吻,顺其自然的无力挣扎

5

庭院深深,追溯着爱
高蹈的行吟诗人
阳光驯服的独角兽
在云巅行走
却盗窃走心灵的虚空
不妨试想,用清澈的眼神
掂量着爱的包容,阻挡
忠于雪山的神祇缓缓降临
这是爱的狡黠,形式的阴毒
爱满怀缄默,圣洁的爱情能够认识你
帮上你的忙,治愈你缺憾的疼痛感
让幸福照料春天

6

阴郁的早晨,
天沉入昏眠不醒之梦乡
我莫名的记忆
兔死狐悲物伤其类
与快乐明亮的丽江作伴

我已经接近星辰
或者生命的全部意义
在于肉体生命的消弭
探寻无所不在的烦恼
就如同珍宝掉入悬崖死谷
只是徒然的解脱而已
其实，任意的生活
重要的是有无理想和如何活着的全部信念

7

蓝月谷，映照天地
玉龙雪山，今别离
惟有融化的雪水知道失去高贵的滋味
它们沿着悲伤流淌经年
唤醒沉睡的神灵
站在云巅祈祷
祈祷世间有一个简单的春天
白水河，容许我赤身裸体在蓝色的流水中漂流
面对着自己的灵魂，嘶喊
洗净的肉体重归纯真
天上的日光
是无声的祝福，祝福！

2011

无　题

天气阴霾未散
星辰黯淡
牵马的人
睡在月光下

戈壁上幻像的情境
此刻收拾心情，等着入睡
去寻那梦境中月色情人

独行当下悲凉
荒芜般一声叹息
骑马的人
奔跑在月光下
神情自然

此刻，伸手摸着黑
萌生去远方的念头
灵魂从黑夜中沐浴而去
到哪儿去，有清洁的美……

2012

回　去

又是一年清明时

——题记

围坝上。站立着并不糟糕的童年
回去，安徽宿松县
一个叫做荆桥岭或者芦圩的地方
在我出生之前，一个悲惨命运的家族
从破屋村迁移而来……

因为远行，沉陷于稻粱谋的北方都城
对逝去的亲人，从未有个什么交待
因为茁壮，乡音说得哆哆嗦嗦
对回去的美好想象
总在乡土现实中被击溃和遁离

我所触及到的庸俗人生，回去
对于成功，思考的界限，准是
崇拜权力、金钱，光宗耀祖，别无其它
壬辰年清明，与我阴阳相隔了八年的父亲
在山脉上一言不发，严肃，看着自己的墓碑

回去，几十年之后，那也是我的归宿
我身后无数的欢乐与痛苦
回去，当故乡仍然活着

我回去祭拜，我回去
找到证实自己还能回去的道路

2012

新出图证（鄂）字 03 号
图书在版编目（CIP）数据
宿松 / 石一龙 著
武汉：长江文艺出版社，2013.8

ISBN 978—7—5354—6649—5

Ⅰ.宿… Ⅱ.石… Ⅲ.诗集—中国—当代 Ⅳ. I227

中国版本图书馆 CIP 数据核字（2013）第 086934 号

责任编辑：沉 河 责任校对：陈 琪
装帧设计：胡子慕 责任印制：左 怡 包秀洋

出版：长江出版传媒 长江文艺出版社
地址：武汉市雄楚大街 268 号 邮编：430070
发行：长江文艺出版社
电话：027—87679360
http://www.cjlap.com
印刷：武汉市福成启铭彩色包装印刷有限公司

开本：700 毫米×1000 毫米 1/16 印张：16.25 插页：8 页
版次：2013 年 8 月第 1 版 2013 年 8 月第 1 次印刷
行数：5299 行

定价：68.00 元